| 筋骨灵肉，铸就了山之魂。酸甜苦辣，浸泡出山之韵。 |

幕阜叙事

山魂

朱法元◎著

中国大百科全书出版社 知识出版社

图书在版编目（CIP）数据

山魂 / 朱法元著. -- 北京 : 知识出版社，2021.3
（幕阜叙事）
ISBN 978-7-5215-0317-3

Ⅰ. ①山… Ⅱ. ①朱… Ⅲ. ①散文集—中国—当代
Ⅳ. ①I267

中国版本图书馆CIP数据核字(2021)第023967号

山魂

朱法元 著

出版人 姜钦云
责任编辑 张京涛 朱金叶
责任印制 陈 凡
美术编辑 张 婷
出版发行 知识出版社
地 址 北京市西城区阜成门北大街 17 号
邮 编 100037
网 址 http://www.ecph.com.cn
电 话 010-88390659
印 刷 阳谷毕升印务有限公司
开 本 880mm×1230mm 1/32
字 数 135 千字
印 张 9
版 次 2021 年 3 月第 1 版
印 次 2021 年 3 月第 1 次印刷
书 号 ISBN 978-7-5215-0317-3
定 价 45.00 元

自序

许多年来，我一直想探求一个问题：当今中国最广大的农村，究竟是一个什么样的面貌？时光进入了二十一世纪二十年代，经历了四十余年改革开放的中国农村，百姓们究竟是一个怎样的生存状态？

虽然我在城里生活了四十多年，但毕竟生在山区长在农村，血管里流淌的是农民的血液，骨子里浇注的是农民的精髓，套用一句用老了的诗话：“为什么我的眼里常含泪水？因为我对这土地爱得深沉。”

我的老家在湘鄂赣交界的幕阜山区，这是一个平凡而神奇、普通而独特的地方。

幕阜山脉以它博大之心怀，养育了数百万优秀儿女。

在这里，他们祖祖辈辈繁衍生息，薪火相传，与全国各族人民一道，共同浇灌着伟大的中华文明。他们淳朴厚道，忠肝义胆。由于长期受儒家思想的熏陶，仁义礼智信深植民心，为人处事崇尚忠孝，憎恶奸邪。他们勤劳勇敢，追求上进。无论是刀耕火种，躬身农事，还是入仕经商，舞文弄墨，都能努力奋进，争先恐后，挥洒才智，各领风骚。他们心胸宽广，虚怀若谷。南北交汇、山水相依的地理背景，塑造了他们“有容乃大、无欲则刚”的君子气质，使他们对来自各方的文化兼收并蓄，大度包容，尽显山、江、湖一体的过人品格。

有一个故事，从我父亲口中得知，至今存留在我的心间，恐怕一辈子都难以忘却。

那是很久很久以前，我太爷爷与我老叔公共住一座屋子，屋子为“连堂五间”结构，中间开着八字大门，堂前两边是两间小店铺，各以柜台隔开。老叔公在西边开了一间中药铺，起名“镇济堂”；太爷爷在东边开了一间南杂店，兼摆一砧代卖猪肉，起名“怡和祥”。开始生意很好，到西边铺里拣药的，一般都要到东边店里买点红糖咽药，或是买斤把猪肉补补病人身子，加上平日里销售一些火纸香烛之类的日用品，还能供养一家数口的温饱。可是不久后，问题出来了，由于山乡实在太穷，百姓手中都很拮据，于是买货赊账的越来越多。药铺还好一些，人们知道药铺是万不能赊账的，砸锅卖铁也要弄到钱去抓药，否则亏损倒闭了，拿什么治病？救命的事是开不得玩笑的。可杂货就不一样了，你硬是不赊，他无非不吃不用就是了。加上我太爷爷又拉不下面子，乡里乡亲的，人家多说了两句，也就硬着头皮赊出去了。很快店里就出现了窘局，入不敷出，进货缺钱，眼看连本钱都快赊光了。太爷爷急得团团转，一筹莫展，无计可施。老叔公是个文化人，颇有头脑，他日思夜想，想出一首打油诗，用红纸写好，贴在太爷爷的柜台上。诗曰：

生意如同水转车，
出门无伞靠云遮。
石板栽花根底浅，
任是亲朋我不赊。

诗确实写得好，既含蓄又中肯，借喻深刻且言辞坚决，叫人一看就不好意思赊账了。可见老叔公的国学功力确非一般，在一个穷山沟里，一个普通的郎中，能有如此文才，亦可见此地的文化底蕴之深厚，恐少有出其右者。

可谁知还是有不少进店来的，对那张红纸视而不见，仍然提出要赊。老叔公皱着眉头，困惑不已。太爷爷说，你这诗不管用的，你想来拣药的人，有几个是识字的？诗认识他，他不认识诗啊！

后来太爷爷的南杂店还是因乡亲赊欠太多而倒闭了。

无巧不成书的是，历史正好走到了1949年。新中国成立后，紧接着划阶级成分，太爷爷家中已无资产，只剩下一个光秃秃的货架，便被划了个“小商”成分，与贫下中农同属一个阶层，免受了后来几十年的苦难。自然，那些许多年许多人的赊账，便也都一笔勾销了。

我于是想起了成语“因祸得福”。

我为我生在幕阜山深处而庆幸，为吸吮着大山的乳汁成长而自豪。虽然远离故乡多年，但谷壑之声，无时无刻不在向我呼唤；峰峦之影，无时无刻不在我的脑海显现。脚下总想踏上归乡之路，心中总有抹不去的乡愁。游子的赤诚，促使我拿起笔来，写下思乡情结，一释心中块垒。2009年我的散文集《沉静的山歌》出版，在那本集子里，我向读者描述了幕阜山区的过去，把过去的风土人情、苦难经历，特别是人性之美刻画了出来。应该说那本书是成功的，得到了读者的认可，还蒙不弃，忝列第四届冰心散文奖。

又是十多年过去了，幕阜山区随同整个华夏大地一起，在高速运转的社会发展中前进。这种前进，就像是转动的万花筒，奇形怪状变幻莫测，有人看出了其中的奥妙，有人却是眼花缭乱莫衷一是；又像是湍急的河流，对于顺流而下的鱼虾，有人眼疾手快唾手可得，有人却只能临渊钦羡两手空空。于是有的地方、有的人得天独厚，得心应手；有的地方、有的人生不逢时，寸步难行。整个山区，犹如列车上的一节车厢，随着整个列车的飞奔，嘈杂着向前、向前。

随着年龄的增长，乡愁愈加浓烈。退休后，我有了充足的时间，得老天保佑，精力充沛，身体尚可，于是时常被那山山水水吸引，把暮年的足印一串串地留在了故乡。

在山里转得多了，感悟便也多了。故乡的过去，依然焕发着耀眼光彩；故乡的变化，给我许多欣慰和兴奋。山乡确实出现了繁荣昌盛的景象，以前破旧潮湿的老屋，几乎全被新型楼房所取代；以前泥泞飞沙的土路，已被全一色的水泥路面所覆盖；以前面朝黄土背朝天的老农，也几乎全变成了新型的打工一族。从吃住行用等日常生活上看，山里人与城里人已无太多差别。随之而来的是举家外迁的青少年，衣着光鲜地返乡休假；是放下锄头远离稼穑、含饴弄孙尽享晚年的老叟老妪；是崭新的小车成群结队地开进山乡，甚至造成了年节期间山区农村的大堵车。而在这些繁华的背后，也有着美中不足、瑜中之瑕。农业的退化、耕地的荒芜，与打工族的艰难、收入的不确定性一起，构成了山民心中搁不下的隐忧。过于安逸的老年生活，不仅滋生出许多身体上的“城里病”，还使过去一些消失多时的不良习气沉渣泛起，麻将、牌九、买码、挂流年等风靡山乡，虽然多数有别于赌博，仅为娱乐或消磨时光，无伤大雅，但对地方风气造成了潜移默化的影响，使勤劳俭朴、耕读传家的古训黯然失色，现代文明的风尚更是远不可及。更加堪忧的是山民的精神状态，他们多数游离于社会的边缘，不问国事，不忧社稷，不确立是非标准，不崇尚任何人，只操心自己的“一亩三分地”，操心如何获得个人利益。对封建迷信活动趋之若鹜，积极出钱出力；对抗洪救火、公益奉献之类的事情却冷若冰霜，退避三舍。而对于山里人的种种生存状态，至今尚未发现哪个方面有得力的举措实施教化，反而那些以权谋私、追求政绩、好大喜功、为政不仁、欺压百姓的现象却依然存在，犹如暑日里的苍蝇，挥之不去，令人生厌。联想到那些爱民、富民、惠民、为民的大好方针政策，便切盼有良好的机制和优秀的人才，将之结合实际，付诸实行，立收实效。

时代在发展，人类在进步，乡村在变化，山水在换新。如今的山区，随着斗转星移，日月更替，人性的美丑、生活的苦乐、环境的好差，又构成了一首首新的山歌，在山水间低回环响。

于是有了《山魂》，有了新时代农村的一个缩影。

《山歌》咏唱了陈年旧事，《山魂》展示了现实风情。

《山歌》唤醒乡忆，《山魂》记录乡愁。

《山歌》举起烛照路途的火炬，《山魂》吹响面向未来的号角。

我愿以我垂老之心，化作一腔挚爱，谱写出虔诚的音符，奉献给生我养我的山脉；我愿用我所剩不多的力气，为故乡山区的发展进步引吭高歌，为至今尚存的不良行为棒喝呐喊，哪怕发出的是嘶哑的声音。我更愿我的这一份心血，能够融入汩汩山泉，汇入浩荡江河，滋润广袤的大地，进而为民族的发展进步提供哪怕是极其微小的一点养料。

是为序。

2020年1月8日

目录

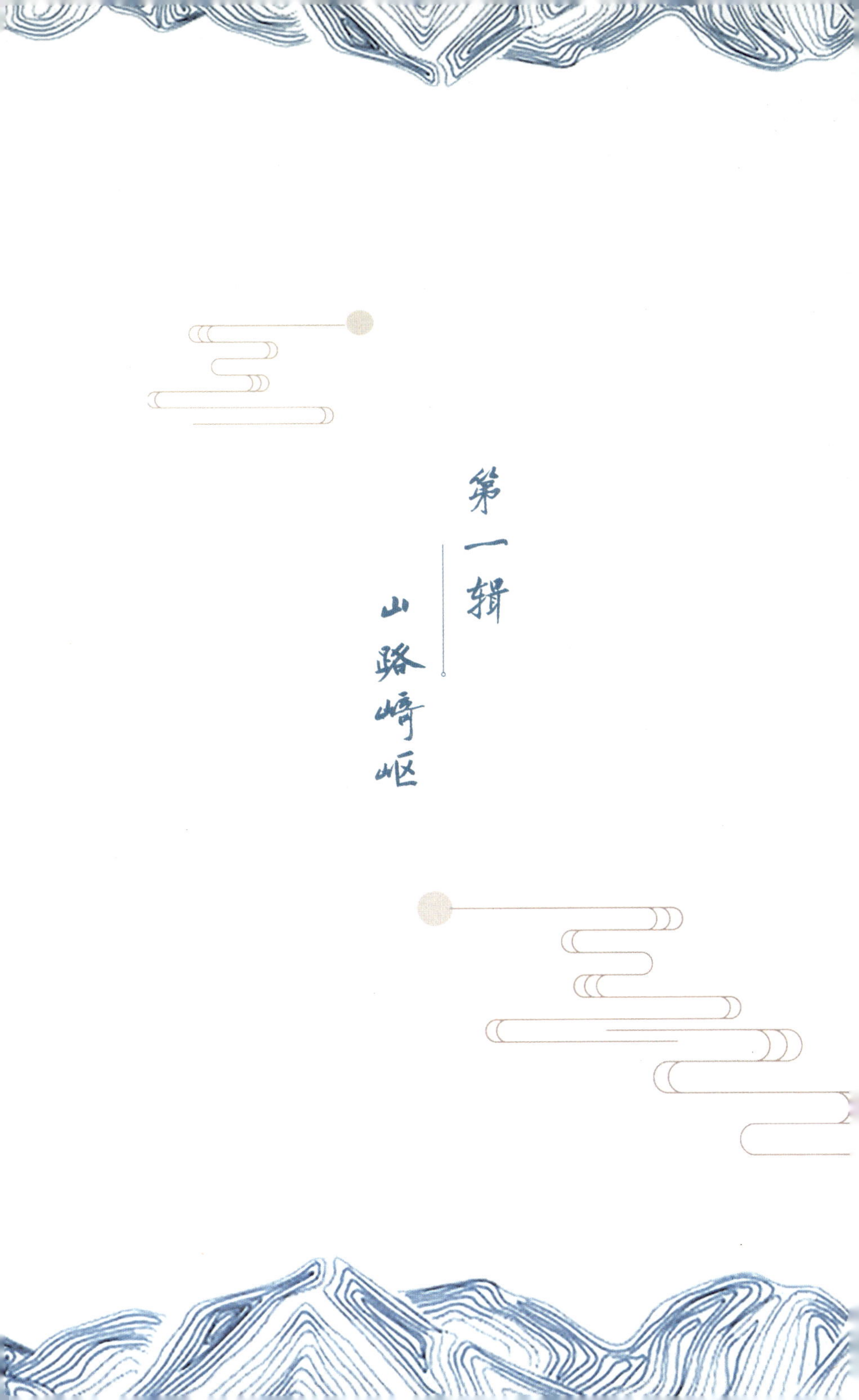

第一辑 山路崎岖

把酒

离家久了，又不常回去，再回去时，就会出现一些可叹之事，比如说话的口音，贺知章说“乡音未改鬓毛衰”，可我老是不经意间就蹦出一句普通话来，弄得彼此好不尴尬。又如认人，明明是很亲的邻舍，别说小孩，就是年轻些的，也多是认不出来。老父亲便一边指点一边责怪道：“这个是三叔的儿子，那个是五伯父的儿媳。上次不是介绍过了吗，怎么又忘了？”我只好摇头叹息，须知上次是三五年前了啊！

去年春在我丈人家居住时，又遇到了这样的情境。那天我和五哥他们正在吃晚饭，忽然进来一个人，打着哈哈：“小朱，哦不，要叫老朱了，回来啦？”我慌忙起身，笑着回礼，又看着五哥，五哥说是六子，“六子……哥哦！”我结结巴巴，因为我看他个子虽很瘦小，但满脸皱纹，双眼浑浊且有点迎风流泪，平头和下巴的胡茬上已是一片花白，看上去起码有七十好几了。叫他小名，似有不恭。

“你是不是认不出我了？”他倒是很直爽，“我就是那个香火师啊！”

我想起来了，我丈人仙逝的时候，做了三天两夜的道场。做道场是要有个香火师的，看上去虽是个打杂的差事，可是非常重要。和尚只管念经唱曲，什么时候点香烛，什么时候烧纸钱，孝子什么时候要跪要拜，都是香火师在调度。我因身份所限，没有在现场，只坐在岳父遗体旁守灵，所以这个香火师也就难见面了。只知道人都叫他六子，非常代得劳，村里无论谁家有好歹事，他总是挺身而出，扑下身子帮忙。他有一特长，就是酒量了得，劳更守夜时，他只要有烈酒伺候，就会精神抖擞，毫无倦意。

五哥说六子很想与我喝酒，他说我结婚那年喝回门酒，他亲眼目睹了我把村里的祝秋书记喝倒了，“祝秋是什么酒量？黄龙山脚下谁不晓得？硬是被小朱当场比倒了。没见过，真的没见过！”其实我是徒有虚名，那次比酒，是在酒席散了以后，祝秋硬要和我喝，我实在不能喝了，我爱人就和她的几个同学一起为我作弊，我足足喝掉一大洋瓷碗白开水，祝秋哪能不倒呢？

从那以后，我的酒量就在村里出名了，好几个人都想和我较量较量，可我因工作繁忙，时间有限，每次回去总是像一阵风似的，点个火就走，直到黑头发变成了白头发，终究没有比成。

难道六子又想和我比酒？我在心里暗想，五哥也从里屋拎出了一瓶“山谷泉”。

“我今天不和你喝酒，”他很少有地压低了嗓门，话里还带了些忧郁，“是想和你商量件正事。”接着他抬手指向门外，门外还在下着小雨，地场上，一片泥泞，一些车辙留下的坑坑洼洼里，积满了水，雨点落在水中，溅起点点水花。他说他们村有三五十户人家，门前这条路包括两三个地场，都还是泥巴呼噜的，一脚透湿。他想要我帮个忙，搞点钱来修一下，他说他是代表全村百姓的，“你如不办好，将来退休后到丈母娘家来，车子还是开到泥巴地里，你会难过的！”

我说这事我知道，本来按政策就是要修的，你们向当地政府反映啊。他说政策是好，可没人说话有个屁用，要是等到别人都修好了再修我们这里，恐怕我的骨头都打得鼓了。接着他举了几个例子，还都是“厨中无人莫喝汤”的事儿。我无言以对，只好说尽力而为。

我很困惑，也很无奈。老实说，我谋生在外，故乡父老对我是爱护有加的，不到迫不得已，他们不会找我

办事。可见这条路已经困扰他们很久了。五哥说，春节期间，村里还特地搞了一伙花灯，目的就是利用戏灯集资修路，可那能弄到几个钱呢？简直是杯水车薪啊！我想一个本应由政府解决的问题，为什么还要老百姓伤脑筋呢？我无法像于丹女士那样，“当你遇到挫折，请不要埋怨社会，你要询问自己的内心，退一步海阔天空”，我还是要问问社会，国有惠民政策，就是落实不了，究竟在哪里卡壳了？百姓有困难，找谁才管用？

我虽然不愿落入俗套，但面对六子哥，我怎能忍心拒绝不管，怎能“愤青”一下完事？

去年冬天，村里那条仅八百米长的土路，终于铺上了水泥，路边的地场也硬化了，还装上了路灯，全村人都很高兴，仿佛因此就不落人后，就扬眉吐气了。

今年我探亲的时候，六子一定要和我喝一壶，说：“是你为村里老百姓办了件大好事，要感谢你！”我听了很难过，实在提不起酒兴来，便对他说：“我现在高血压高血脂真的好厉害，怕一喝就出问题。还是你喝吧，我用开水陪你，只要感情有，什么都是酒哦。”六子乐了，满脸的皱纹绽开了花，眼里放出瓷实的光芒。

那天，还是在五哥家，六子哥整整喝了一大洋瓷碗“山谷泉”，那酒真的是好酒，清香扑鼻，足有52度。

（2016年12月）

茶味

回山里老家休养，因习惯了喝功夫茶，便带去了茶具茶叶，还特地购置了一套茶桌茶椅，非洲花梨，宋式风格，想在山里人眼里，恐怕也是新鲜玩意儿吧。

我的茶室是在楼上，村人来玩，一般只在楼下站或坐一下，喝一杯家乡的“修水茶”。修水茶非常独特，别无仅有。那是一种以绿茶为主料，加上盐菊花、炒芝麻、炒黄豆，喝完茶水后又吃尽底料的吃法。精湛些的还会加进腌制的桂花、炒花生米、干花椒等。茶一端出，便有异香扑鼻而来，满室飘香。那一口“特制小吃”，真的是别有风味，妙不可言，外地人是想都想不到的。我至今不知道这种独特的“茶艺”源于何时，也许来自远古，因为这里地处幕阜山脉深处，是老祖宗伏羲、神农的涉足之地，他们曾在这里尝百草、推八卦，研究出一种有食疗功能的茶饮也是极有可能的。你看，茶叶清心，菊花明目，花椒除湿，芝麻、黄豆补气益肾，都是保健品。难怪修水美女多寿星多了。

我想山里的人们喝惯了修水茶，肯定不会喝功夫茶的。记得以前亲戚进城，我请他们喝咖啡，都说一股糊味，就像喝烧米汤，难喝死了。烧米汤是山里人治疗气滞胃胀的土方子，把大米用黑布包了，用火钳夹着，放火炉里翻滚烧焦，然后泡水喝下，非常见效。不料我的想法大错特错。几天后，我试着邀几个年轻人上楼喝茶，才发现他们对茶道熟悉得很，不仅能喝，而且喝得出不同茶种的特色，还有各自的偏爱。比如飞就说铁观音味道好，喝过后口里有回味；兵就认为红茶色亮味淡，特别是修水的宁红，一股清香，比浓烈些的金骏眉要强些；而革坚持说只有普洱最棒，那琥珀色的茶汤，那入口的甘甜，没得说，还说普洱温胃暖胃，降压降脂，好处多着呢！我感叹于如今的社会发展，城乡区别几乎没有了，山里的变化真是神速。特别是如今的年轻人，走南闯北与时俱进，不比城里人差。好在我各种茶都带了些，轮换着泡，也就各得其所了。令我惊奇的还有缘，他有一手高超的泡茶技巧，使用茶具有条不紊，运用自如，令我目瞪口呆，暗暗称奇。飞说缘的家里也有茶室的，还藏了点好料呢。缘于是说，就是不好意思请我，如能光临他家，不胜荣幸。我也说哪天一定登门拜访，只是一推再推，终是没有去成。

喝茶是要讲究茶友的。独饮当然也有独饮的风景，但多数时候还是“二三子”共饮为佳。在城里，是与文友相约，“客来正月九，庭进鹅黄柳。对坐细论文，烹茶香胜酒。”回到山里，又是一番气象，“半壁山房待明月，一盏清茗酬知音。”一壶茶，一点佐茶果品，无非是花生蚕豆土产土货，一顿瞎聊，天扯地扯，那真是天地人三不管，绝对自由。尤其是我们这些在城里待久了的山里人，耳闻亲切动听的乡音，眼观窗外山水田园景色，脑无烦杂，心无挂碍，这不就是神仙日子么？

我山里的几个茶友中，缘是来得较多的。

缘是个憨厚人，虎头圆脸，左边发际上有一大块伤疤，用长头发巧妙地遮盖住，说是小时候不慎跌进火炉落下的，那次他差点被烧死。他性格温和，待人谦恭，一张笑脸极具亲和力。喝茶时，他的话不多，总是一边听人侃大山，一边砸吧着嘴唇，真像在琢磨岁月，品味人生，看得出是个有着不凡经历的人。他原本是个木匠，做得一手好木工活，出师不久，他接的活计就超过了师傅，一年到头不得空，是农村顶尖的赚钱角色。忽然有一天，他坐不住了，他发现山乡维持了多少年的经济格局，突然被打破了。过去做艺匠最赚钱，可如今苦干一年，也抵不了外出打工的两三个月。眼看着人们春天出去，冬天一到，那票子就雪片似的飞进了山。多少穷人开始了“三大事”的实施：买地盖房，从破旧的屋子里搬进了二三层的平顶房；娶媳妇办酒席，礼金成千上万的往上涨；为祖宗八辈做道场，讲究九张字十三张字，花费都是以万计算。人们都在热情洋溢地追逐这些，把年轻人一个个都赶出山去。于是缘不干了，他要审时度势，赶上潮流。不过他没有去南方沿海城市，而是到了省城南昌，选择了装修行当。他发现城里的变化更惊人，政府卖地，城里人买房，后来农村人也被引进城里买房，都在不顾一切、拼了老命地买房。他想这装修的市场多大啊！他要凭自己的一技之长，打出一片天地。

缘很机灵。在装修界混了几年后，他突然来了个华丽转身，搞上了医疗器械买卖。他说装修越来越不好做了，利润低不说，城里人的眼界越来越高，挑剔得很，不好伺候。可医疗器械干了不久，他又退出来了。原因是受到了良心的谴责，医疗器械、药品这一块，中间环节盘剥得太厉害，把价格抬得无限虚高，有时一闭上眼睛，眼前就出现病床上那些痛苦的病号，和病床边那些一脸愁容的亲属。他不能赚这种昧心钱，于是还是捡起了老行当。只不过这回他是杀回了老家，注册了一个公司，经营范围一大串，农工商贸一应俱全。既搞装修，也搞贸易，还在家乡投资承包了几千亩田地，用来种植药材。喝茶时，我对他说，你也算是黄龙山下一个不小的老板了。

缘摇了摇头，淡然一笑。我感觉这笑意十分复杂，内中有诡异，也有无奈，还带了几分气愤。我连忙换了个话题，说这年头做什么都难啊。他喝了盏茶，使劲儿咽了下去，好像是咽下了一杯苦酒。许久，他才轻轻地叹了口气，说别的难我都不怕，就是跑关系伤脑筋。他说除了小打小闹的家装外，无论干哪一行，要接到一桩业务，要么参加招投标，要么经相关部门审批。招投标以前是定向的，甲方把特殊条件一设定，不是预先内定的再有本事也中不了标。后来国家不准设特殊条件了，又产生了围标，围标也是有讲究的，经常有花了许多钱却围不到的。审批就更微妙了，往往菩萨拜遍，到处打点，还是不如人家。我问现在好些了么，他又露出一丝苦笑，低了头，闷喝一盏，然后岔开我的话头，只说了句："水太深了，没哪里有例外的！"于是我想起了百姓看病难看病贵的老话题，想起了一片药一个医疗器械加价几十倍上百倍卖给病人的丑恶现象。记得我的一个亲戚，名牌大学毕业，想靠本事吃饭，没有考公务员，投资开了个公司，专营洗衣设备，心想这个领域应是公平竞争的，凭产品质量和售后服务取胜是没问题的。不想一上手就傻眼了，他成了唐僧肉，谁都要咬一口。虽说能赚些钱，可他实在受不了那种低头求人的屈辱，几年之后，他洗手不干了，考了个事业单位，工资不多，却能抬头挺胸过日子。他说有了这个对比，才知道什么叫尊什么叫卑，什么叫屈辱什么叫体面。

我陷入了困境。心想这叫什么事？社会上没有了有效的规矩，没有了可控的秩序，还是权力至上，而且有恃无恐。这样的人渣处处都有，这还叫老百姓怎么活？

缘就是这样，生活把他逼出了山，又把他逼了回来。回来也一样，还是要有关系，要靠打点，要低头弯腰，要见人矮三分。难怪有人说进入商场，能改变性情，再刚烈的性子也会变得世故圆滑。就像进了精神病院的患者，出来后没有不孱弱的。我抬头望向对面的山林，但见那些参天大树，都以其巨大的树冠，霸气地挺立着，奢侈地享受着阳光雨露；而那些小树小草，就只能在夹缝中艰难地生存了，是那么可怜兮兮、弱不禁风，多数都是遭受夭折的命运。

我邀缘常来喝茶，不必见外。许是谈得来的缘故，缘只要一放下手头的事儿，就会过来喝茶。我们一同品着茶味，各自想着心事，有一搭没一搭的闲扯着。我总觉得那茶喝时少了甘甜，多了苦涩，待到喝后细品，又品出了一丝香味儿，好像是希望，是寄托。缘会吸烟，可从不在我茶室点燃。我多次叫他尽管吸，我不介意，他只是笑笑，有时实在烟瘾来了，就借故出去，匆匆吸一支再进来。久而久之，我对缘的好感与日俱增，这里面有敬佩，有同情，甚至有深深的怜悯。每当闭上眼睛，总觉得在哪里都能见到这张脸：宽厚、慈善、负重、伤痕累累，却又透出坚毅、沉稳、倔强……

（2017 年 8 月）

相看

众鸟高飞尽，孤云独去闲。

相看两不厌，只有敬亭山。

——唐 · 李白

（一）

不知怎么搞的，坐在门前地场上，一看到黄龙山，就想起了李白的这首诗，心中总是泛起一股莫名其妙的感觉。难道是我与黄龙山对看得太多？也是。只要回到太清，我几乎每天都要拎把椅子坐于门前，抬头便是看山。这山确乎是百看不厌，无论是山形的巍峨、山势的险峻，还是山石的奇特、山溪的娟秀，都教人赏心悦目、叹为观止。

我看黄龙山，还有两个最惬意的时候：一个是近山看花，一个是远山看云。黄龙山中，花草树木瑰丽多姿，一年四季变化无穷。尤其是在春夏时节，漫山遍野的映山红，由下而上，依次开放。到了“五一”前后，山下花期已过，绿叶渐浓，此时登上山顶，举目望去，却是花开正盛。十里南坡，一片花海，艳若红霞，美不胜收。黄龙山的云，要数雨后最佳。驻足太清口上，远眺山麓，便有云卷云舒，变幻莫测，映入眼帘。先是一道白幔，把山头遮得严严实实；俄而，白幔缓缓卷起，露出山貌，但见碧绿如洗，青翠欲滴，时隐时现，目不暇接；未几，又见云层涌动，顺着山势，向空中腾起，条条山脊被白云缠绕，巍然屹立，更加刚劲孔武，雄伟壮观；一眨眼，白幔完全退去，只在山腰留下几块云团，形状各异，大小不同，又把山峦装扮成一幅天然油画，看得我目瞪口呆，荡气回肠。所以，每当一场大雨过后，我便要坐于地场，目不转睛地看着黄龙山，生怕漏掉了一点精彩。这样的神山，叫我如何看得厌？

那么，山看我也不厌么？我不知道李白是怎么写出“相看两不厌”的，我只能以自己之心，度古人之腹，或是以人之心，度山之腹。反正我是真的喜欢黄龙山。何止是喜欢？简直是钦佩。何止是钦佩？简直是敬仰。

我的心思山知道吗？一定是知道的，所以，山看我也就不厌了。

（二）

有时我有一种婴儿躺在摇篮里的感觉。黄龙山就像一个慈祥的老人，端坐在云水间，两边延伸出去的山脉，就像是伸出两只偌长的臂膀，把一个山塅围住，护佑得严严实实的。徜徉其间，便觉得十分温馨。

真正温馨的还是山里的风景。因为在那些山梁上或是山沟里，会突然出现一队女人。我以为有女人才会有风景，只有男人的地方那叫荒凉。正如一座山上，光秃秃的叫人生厌，长了花草树木才引人入胜。这些女人衣着朴素，举止大方，或肩扛锄头，或手提竹篮，或身背扁担，在葱茏山色的映衬下，显得多姿多彩，楚楚动人。

我必须纠正以前的一个看法。以前我总是以为山里人变懒了，年轻人都外出打工，年长者就守在家中带带孩子，打打麻将，啥事也不干，结果弄出了许多糖尿病心血管病。每次我回乡省亲看到的，也都是这种状况。其实不然，以前我回乡的时间都在春节或清明节期间，正是山乡最清闲的时候，草木尚未换新，农事尚未开始，加上现在不积肥，不搞农田水利基本建设，所以，冬春赋闲的时间就多了。今年却不同，今年遇到了新冠疫情，自一月下旬武汉封城后，全国就像寒冬封冻的河流，几乎一夜间人们就被“冻”在原地，不得动弹。人们一听说这种病毒是飞沫传播，传染十分厉害，于是也不用多讲，都自觉躲避，闭门不出。于是奇迹发生了，平日里喧嚣不堪的城市，都变成了“空城”，无论大街小巷广场花园超市酒店，一概空空荡荡渺无人迹；乡村之间的道路都设置了路障，车辆不得通行，行人也有岗哨盘查，互不接纳。此种现象一直延续到三四月，并且遍及全国。就是后来渐渐放松了，人们惊魂未定，余悸尚存，也还是不敢乱跑乱动。

我正是惧于疫情，住在山里家中，一住就是数月，竟至芒种边了还不思挪动。这一住，便把我对山里人的印象给改变了。

最早令我刮目相看的是山里女人。

时令过了谷雨，黄龙山才从酣睡中慢慢醒来。随着子规一声“布谷”，便催开了满山的鸟语、遍野的禽言。斑鸠“咕咕”，宾雀“喳喳”，风雨鸟开始预报“滴水快”，耕田鸟催促“摆酒菜”。还有绿嘴鸟，总是远远地呼喊着“割麦插秧”，这家伙身子不大，嗓子却出奇的好，不管白天黑夜，都在不紧不慢地喊着，听来充满了善意，叫人心领神会，又忍俊不禁。雨水也善解人意，总是在夜里下一场透的，把山塅洗得干干净净。第二天清早，就见漫山滴翠，遍野挂珠，树上有嫩芽探出，枝头有花苞绽开，万绿丛里，有红、白、黄、紫点缀其间，使山野顿时生动起来。

这时候，山村的女人们出来了。她们三五成群，有老有少，她们的男人或已冒着疫情危险外出打工，或开着机器下水种田；她们便顶了日头，挎了篮子，赶山去了。山上这时需要抢收的是茶叶和小竹笋。山上的茶蔸从前是生产队栽的，现在地荒了，草长了，茶蔸也成了野生的了，谁手快就是谁的。她们不会过早采摘，她们认为所谓的“明前茶”太嫩，味道也太淡，采摘下来太不合算；而谷雨前后的茶正好，又不老，茶味又够，产量又高。摘小竹笋也正当时，山里人知道最好吃的不是大竹笋，而是只有手指头粗细的小竹笋，那东西又脆又嫩，用腊肉酸菜炒了，加进葱姜蒜末，再来一点辣味，鲜美无比。况且“清明一尺谷雨一丈”，这时候大竹笋已长成了竹子。只有小竹笋，一场夜雨后，便能长出地面五六寸高，竹林中无处不有。摘小竹笋不用工具，一扳就断，她们进山一次，就能扳到四五十斤，拿到镇上去卖，相当抢手。

看到她们每次进山出山，都是披着汗水，扛着重担，却是那么轻松欢快，我竟也坐不住了，于是拣了个晴朗日子，也跟着去扳小竹笋。

（三）

于是我认识了Z。

我的所谓“认识”，当然不是指认识这个人，因为都是邻居，人自是早就认识了——而是指认识这个人身上特有的东西。

Z的特别，是她的美。她的美与别人不同，有一种不屈不挠的味道。十八岁嫁过来时，就已令村里的小伙子们惊羡不已。她的老公是一个非常憨厚的汉子，人品相当好，做事下得身，就是长相有点费劲，那些羡慕嫉妒恨的家伙，便说是“一朵鲜花插在牛粪上”，可人家夫妻关系好着呢，很快就有了一男一女两个小孩。为了持家，夫妻俩起早贪黑，里外一起忙，Z从来没有休息打扮的时候。尽管如此，Z却越长越美，三十好几了，身材仍然是那么姣好，若论三围，肯定是黄金分割的比例。脸上虽显黧黑，但大眼睛仍很水灵，高鼻梁尤显高贵，小嘴细牙，一笑摄魂。这么磨都磨不倒，简直是个“打不死的吴清华”。于是有人又发宏论，说鲜花就要插在牛粪上，因为有肥涵养，鲜花才开得灿烂啊！

Z比较内向，不善言辞，在我的印象里，她整天就在忙乎，很难听到她说话，哪怕别人与她打剁嘴（开玩笑），她也是低头一笑，不予理会。村里有个“天吊筋”，叫亮亚，专喜调戏妇女，调到她时，硬是进不了桩。

扳小竹笋原来远不是我想象的那么轻松。小竹林一般都生长在山溪水边，山溪水边一般都不平坦，许多地方还异常陡峭；小竹林的密度极高，又与其他灌木荆棘杂生在一起，要拨开竹丛钻进去，方能扳到竹笋；小竹林里有很多被人砍了竹子的竹茬，尖尖地立在地面，一不小心就会扎进脚板；春夏时节，正是蛇虫出没的时节，说不定就会被毒蛇光顾。真是樱桃好吃树难栽，竹笋好吃林难钻！

Z从小竹林中钻出来的时候，正好我从她面前经过。我一看，只见她头上身上落满了枯竹叶和枯草屑，头发已被汗水湿透，一绺绺地贴在脸颊上。她肩上挎着一个鼓囊囊的麻布包，里面装满了长长短短的小竹笋，鹅黄的笋尖争相露出，长一些的还刺到了她的腰间。她手脚并用，正在拼力往上攀爬。我连忙弯下腰，伸出手，想拉她一把，谁知她竟害羞起来，忙说不用，说时脸上飞起一片红晕，紧接着几步登上溪岸，朝她的竹篮边走去。那娇瘦匀称的身子随着步伐起伏，就像是微风中摆动的竹枝。

一种冒犯感霎时涌上我的心头，久违了的山里女子的纯真，令我肃然起敬。

（四）

晚饭后，J又领着她的两个小孩来到了健身场。

村里的健身场就在五哥家门前的地场边，装了一些健身器材，还有一个木质长亭，供人们休息。住在后村的人们去健身活动，有些就要从我们家门前经过。J是来得勤的一个，她生性活泼，爱说爱笑，走起路来总是迈着碎步，像在跳舞似的，不仅前面颤动得不行，后面那一头披肩秀发，也策应着腰肢的扭动，带起无限风光。她一手牵着一个小孩，就这样迎着落霞，把一阵欢乐带进小院。

J的两个小孩很有意思，女大男小，都很机灵，见人微笑，口齿清亮。自从J教育他们要喊我姑爷，每次遇见便争先喊叫："姑爷！"叫得我心花怒放。

带小孩是J的主要职责。两夫妻以前每年都在深圳打工，自从小男孩生下来后，夫妻俩就商议定了，男人外出打工，女人留在家里带小孩。自己生的，一定要自己带养。因为他们看到那些祖父母带养孙辈的，"隔代亲"结的苦果实在太可怕了。时间远些的，孩子长大后家不成业不就，甚至成了"讨债鬼"；近些的，孩子不读书不学好，不懂礼不讲理。人不带好，其他盖房买车都是白搭，辛苦打工赚的几个钱有什么用？

只是夫妻长期分居，可就苦了小两口了。

J每天晚饭后都要带孩子来健身场玩，简直成了必修课。她戏称这是在放牛，说时那白皙的脸上放着异彩，眸子里闪着晶莹。暮色中，她把两只“牛崽”圈在健身器材上，自己就立于长亭边，呆呆地眺望着远山近水，我想此时，她一定有无限孤独袭上心头。

四十多年了，打工一族为了养家活命，究竟忍受了多少辛酸苦辣？个中滋味只有他们自己知晓。

问题是，成千上万的打工族，至今还在心甘情愿地忍受，他们不怕苦不怕难，只要有工打。就怕有朝一日打不到工，回到家中既不会种田又无田可种，西北风都没得喝，那麻烦就大了！

J的公婆都是勤快人，尤其是她公公，除了种田，打些粮食贴补生活，还有一手钓甲鱼抓黄鳝的绝活。那玩意白天弄不到，要晚上才行。于是春天到，地转暖，他白天干完农活，夜里就戴着矿工帽，拎起工具箱，跑到偏僻的深山丘田里、山溪石窟间，抓到一些野生甲鱼、野生黄鳝。那个活儿很不好干，不仅熬更守夜费精神，危险性还蛮大，常有野猪毒蛇骚扰，抓黄鳝常会抓出一种水蛇，弄不好反被蛇咬。当然野生甲鱼黄鳝是金贵补品，拿到镇上去，往往能卖个好价钱。山里人，没有这些，光靠崽姑哩（孩子）打工赚几个钱活命，太难了啊！

春夏夜总是这样，几个J这样的女客，在地场边上，守着自己的“小牛崽”；还有几个做夜工的农人，往山里摸去。水田里，蛙鸣阵阵，更显山中寂寥；苍穹上，星光闪闪，尤见尘世高远。山坳那边不时传来几句嘶哑的山歌，那是活得无聊的亮亚，在燃烧着多余的热量：

阿虎呃一死是笑哈哈，
找到是嫂子啊要呷茶。
好的自己呷啊，
差的待人客（ha）。
茶渣呃杆子哟撑得呀船，
两片呃茶叶是包得哟盐。
一粒呃麻子哟水上呀歪，
要想呃好戏是夜边哟来。

（五）

中午时分，本族的阿展叔找到五哥，说老荣家的儿媳妇开了个理发店，今天开张，我们恐怕要去打个爆竹。五哥说冇听到哇咯？也冇听到动静咿。说那是要去打咯，别人家有好歹事都去，独独他们家不去，那怎么行？

打爆竹其实是幕阜山区的一种习俗。村里人家有喜事了，都要去送恭贺，恭贺的形式就是打一挂鞭炮，主家会觉得你看得起他，十分高兴。谁家老人过世了，更要去送拜，也是打一挂鞭炮，拜上四拜。当然若是结婚嫁女生小孩等大喜事，抑或是为老人办丧事，那是主人要发请柬请客的，还有许多的仪式、排场，动静会闹得很大。若是一些小的喜事，例如乔迁、开张、参军、考上大学等，主人家会提前放出消息，邻居们便去送礼、打爆竹，主人便也摆上答谢酒宴，热闹一番。但也有特例，譬如开店，一些家境不宽裕的，开个小店只是为了糊口，至于开张大吉的热闹事，既无力也无心思操办，便不张扬，低调从事。越是这样，村里父老就越是看重。对于家境困难但有志气的人，邻居们都是愿意尽心尽力支持帮助的，物质上帮不了多少，精神上也要给予鼓励，决不能低看一眼。

果然，五哥他们的鞭炮一响，立刻得到了其他邻居的热烈响应，从中午起，老荣家整个下午都鞭炮声不断，五哥说比其他人家还要打得多一些。

邻居们的热情有着不寻常的含义。

老荣家的儿媳妇 M，一个孱弱女子。

她不是一般的孱弱，是真正的骨瘦如柴。她奇瘦却又并无大病，只是吃饭没胃口，整天打不起精神。久而久之，便变成林黛玉似的，多愁善感，弱不禁风。

她的孱弱并非因病，而是忧愁。

早年她的丈夫在深圳打工时做了坏事，受了十几年牢狱之灾。这一沉重打击，把这个家庭搞得风雨飘摇，晕头转向，M 的公公气出沉疴，一病不起，撒手人寰；婆婆也疾患缠身，有气无力。她自己本就手无缚鸡之力，一下子要撑起这个家的一片天，谈何容易？很多人劝她离婚，趁自己年轻，另寻他途。老公在里面也叫她不要被他拖累，十几年日子不好过，坏名声不能要她顶。她那时哭得泪人似的，对丈夫说一定等他，绝不会丢下他和家中婆婆不管，要他好好改造，出来后从头做起，她就不相信没有出头之日。她安置好婆婆，把孩子送到娘家抚养，自己挑着两个蛇皮袋的行李，外出谋生。在九江，她被一个理发师傅接纳当学徒，于是学会了“毫发手艺、顶上功夫”，以此赚点微薄的薪资养家糊口。

这样勉强维持了几年，不料她的身体又不争气，日渐孱弱，每况愈下，最后连打工也支持不下去了，只得又回到娘家疗养，等候丈夫刑满归来。

去年丈夫终于回来了，沉闷沉重、抬不起头的日子终于熬到了头，一家人又翻开了新的篇章。M 的心情顿时开朗起来，脸上也露出了久违的笑容，身子骨随之硬朗了不少，真是“人逢喜事精神爽”。虽然疫情还没有过去，外出打工的风险还很大，可她丈夫顾不了那么多，家中四五张口，要东西填充啊。国家刚一明确复工复产，他就背起行囊，登上了南下的列车。M 自己也操起了旧业，尽管身体还不是很好，而且在这个常住居民不多、又没有流动人口的村子里，注定不会有兴旺的生意。但为了活命，她只得硬撑着，能添一点是一点。她利用家门紧靠马路的优势，把自家厅堂改成了一间理发店，做起了美发的营生。

闻知 M 的故事，我首先想到的是要到她的店里去理一次发，虽然我在城里刚理过发，头发还没有长多长。

（六）

窗外又有一辆货郎车驶过。

这些天好像货郎车越来越多，过往的频率明显高了起来。我以前听到那些喇叭里的叫卖声，尤其是那些地道的乡音，总感到特别亲切、温馨，把它看作是故乡新时代的一道风景。可现在听来却有点忧心忡忡，因为数以亿计人赖以打工谋生的南方沿海地区，今年不断有工厂订单减少、可能要裁员的消息传来，一些没有进厂的感到工作越来越难找；山里那些做小本生意的人们，境况也明显不如往年，时常窝在家中无所事事。本来赚钱就不容易的货郎车，是不是又加入了竞争对手呢？一方面是农村购买力本就不高，眼看还会下降；另一方面是不断增多的村镇超市、商店，加上走村串户的货郎车，这买卖怎么维持下去呢？我一时难以理出头绪。

晚饭后，我照例拎了把椅子，坐于门前。黄龙山仍在以她巨大的身姿守护着这块山塅，夕阳已然落到了她的背后，在晚霞的衬托下，山显得更加敦厚、慈祥。宽阔的地场上，陆续有小孩跑来玩耍，也有端了茶碗的大人踱到场边凉亭歇息的，与往日一样，开始了一天中最漾像的时光。可我总感到缺少了点什么，是缺少了一个身影。每天傍晚，那个永不知疲倦的身影总会出现，匆匆打扫着地场，把大人丢下的烟头、小孩扔下的果皮纸屑清理干净，给人们一块纳凉叨天（聊天）的净土。可今晚这个身影不见了，我问五嫂，Z到哪里去了？五嫂说走了，出远门打工去了。往年早就走了，今年是因为新冠疫情，才拖到了现在，再不走今年就赚不到几个钱了。

五嫂说得异常平淡，拉家常似的。她说Z和几个女客相约同行，好像要到苏锡常一带去找活干，那里地方大，热闹繁华，比较方便找到饮食店打杂或是家政什么的事做。果然后来几天，我发现村里的女客确实少了好几个，她们把男人留在家里，自己只身远行，只为养家活命。

我的脑海里立刻闪现出不久前的山乡情景：有点缀茶山的花衣裳，有菜地里扶着锄把的小手，还有小竹林边出没的身影。不曾想这些却像昙花一现，即刻就不见了，竟成了一幅幅美丽的图画，无比珍贵地存入我的记忆。此后漫长的岁月里，就剩下男客孤独地种庄稼、做零工、带孩子、养父母，渴盼着妻子年底的归来。

而J和M，则是角色的转换，变成了守家的孤女，日日尽妇道，夜夜盼郎归。

山坳里又传来亮亚嘶哑的山歌声：

日头出山呃一点啊黄，
娇莲出门是洗衣哟裳。
手拿尼捈是轻轻哟打，
下下打在啊麻石哟上，
一心想着呃我情哟郎。

（七）

日子还在一天天过着。

山塅的田野里，由春季的一丘丘野生杂草，逐渐变成了一块块镜子般的水面，很快又被一片片淡绿色禾苗所取代。禾苗在日渐暖和的泥水里，拔着节地往上蹿，使那绿色不断变浓变深，羞了青山，喜了蓝天，乐了河流。房前屋后的菜园里，眼看着还是一棵棵幼苗，一眨眼就藤蔓攀爬，绿叶盖地，好像是一夜间，辣椒茄子黄瓜豆角就挂上了枝头。屋檐下，燕子完成了衔泥做窝的“伟大工程”，双双进入爱巢，享受着用劳动换来的亲昵愉悦，开始奉献着孕育后代的温暖。远处，“滴水快”的警告还在雨前适时发出，不时还能听到几句“割麦插秧”的劝农鸟语，但其频率明显降低，几近尾声。只是山窝里，又多了“咕咕咕”的斑鸠叫唤，预示着夏天的步伐正在加快行进。

我还是经常抬头看山。

黄龙山像一个老人，脱去了臃肿的棉袄，换上了轻便的衣裳。在燃烧似的开过大片杜鹃花之后，山已然归于沉寂，却又有翠绿色的嫩叶爬上山头，使山变得年轻起来。山此时似乎也在看我，确切说是在看着山下田野乡村的变化，不知是欣然于庄稼草木的勃勃生机，还是享受着清脆悦耳的禽言鸟语？我想肯定都是，也许还有很多很多，我甚至还感悟出了大山眼里饱含着的一丝忧伤……

（2020 年 5 月）

桂树的见闻

横屋村头有棵硕大的桂花树，枝干足有二层楼高，树冠半径少说也有两米，阳光下，洒下一大片阴凉。一到秋天，花香浓郁，飘遍全村。

桂树下是一条村级公路，联通太清塬的几个村庄，直达镇上。公路到村头恰好是一个拐角，桂树便成了一个高大的路标，又像一位慈祥的老人，天天迎送着过往的行人和车马。

平日里村庄是安静的。现如今年轻人吃过大臊子（指过了年）就外出了，越来越少的孩童们，上学的上学，再小点的还有幼儿园可进，村里基本上就只剩下老人和婴儿了，尖刻的便说有的村庄是“鬼打得人死”！所以，村里只要有点响动，便格外引人注目。

横屋是个小村，十来户人家呈月牙形排列在地场边上，桂树下就是自然的集合地。外来的小贩们，都是在那里停下小货车，放响小喇叭，可劲儿播放着叫卖声。这声音对于村庄来说，是打破寂寥，带来生气；可对于我来说，却是打断思路，带来好奇。我这人有个习惯，就是喜欢凑热闹，只要是新鲜事儿，哪怕是埋头字纸苦心孤诣，我也要抬起头来，探听个究竟。在五哥家小住的日子里，每天我都要从窗户里朝外瞧瞧，看看那些用电动车带着的五花八门的货物。

如今的变化真是日新月异，别说城里，就是乡下，那些实体商店恐怕也得关张大吉了，走村串户送货上门的，一天好几趟，叫人眼花缭乱。有卖南北货的，有卖鸡鸭鱼肉的，有深山老林的山货，有活蹦乱跳的河鲜，就连早点快餐、油炸汤煮、棉花糖麦芽糖棒棒糖之类的，每天都能见到，应有尽有，根本不需要跑到镇里街上去买。新时代了，感觉这种声音还真是成了当今乡村的一道风景。

忽一日，我刚吃过早餐，就听见从桂树下传来一阵响声，那响声很大，轰隆隆中夹杂着敲竹竿似的“梆梆”声，震人耳鼓，听得出是一台单缸小功率的柴油机发出的声音。时令已是秋后，田里的稻子已经收割完毕，放眼看去全是齐刷刷直立着的稻秆。朝阳照射在人们身上，已有舒适的暖意了。农人说“半年辛苦半年闲”，已是农闲时节，谁家还在忙乎什么呢？

“是友忠叔在打薯粉。”五哥一听就知道是干什么的。我想也是，霜降一到，就是割薯藤挖红薯的时节，过去缺吃少穿的年代要晒成薯丝干当饭吃，现在一般都是打薯粉，用来做菜，或是做烹饪调料。

友忠叔的家就住在村头，离桂树最近。友忠叔年幼时父亲早逝，他随娘下堂去了湖北通城，后来他的家境逐渐好转，便带着儿子返回老家，在老屋地基上起了一幢两层新房，续上了祖上的香火。他儿子伟义的脑瓜比他还要活泛，先是挂流年起本，后来发现农村有一个普遍现象：种田偷懒。现在种一季水稻，从翻田、栽插、施肥，到耘田、收割，基本不用下田，都愿意花钱请来机械操作。伟义便先后购买了一台割禾机、一台翻田机，每年靠这“两机”帮人忙活，生意遍及周围两三个行政村。虽也是辛苦的工作，但干技术活档次高，感觉大不一样，况且效率高、收入高，获得感也实在得多丰富得多。他为此很是自豪，觉得在村里颇有些了不起的味道。前两年他突发奇想，要买一辆小轿车。父母妻子都不赞同，说他和在广东浙江打工的不一样，一年到头守在家中，一般不外出，买辆车用不上。可他执意要买，我想他考

虑的不是用途，而是面子。现如今的年轻人，都在争先恐后地买小车，过年过节谁不是一家大小开车回家？多有气派！本村的地场上，一到年节就停满了车。他干的又不是不如人，连一辆小车也没有，妻儿老小脸上无光不说，自己在团方地境也抬不起头啊。于是一辆白色的马自达就停在了自家的院子里。只是那车平日里真的没啥用，只不过十天半个月开出去溜达溜达，充充电而已。他也不用篷布盖上，在车旁边装了个水龙头，隔几天就洗一次，令人远近见了都是锃光瓦亮的刺眼睛。

匆匆吃过早饭，我和五哥一起来到桂树下。见那台机器是个动力机，一头固定在长凳上，另一头用皮带带动一架红薯粉碎机，机器的主人胡师傅在往粉碎机的漏斗里喂红薯，友忠叔友忠婶在用脸盆传递薯浆，一盆一盆倒进一旁的大木桶里，他们的儿媳妇负责给师傅递送洗净了的红薯。整个一片繁忙。

“友忠叔你们辛苦哇！”我在轰鸣声中大声地和他们打招呼。

“咯是叭死！”伟义手里端了碗修水茶，站在一旁接话。伟义是个硬汉子，看上去很精干，一米七八上下的个子，板寸头下是一张黧黑的脸膛，应是整个夏天劳作留下的印记。此刻，似乎他与这些忙碌场面毫不相干，远远地站着，不但不打个帮手，而且还在数落，脸上一脸的不屑。

五哥告诉我，友忠叔夫妻真是两个勤快人，尽管他们家靠伟义两台机器早就发家致富，根本不需要他们劳作，但老脚婆哩就是闲不住，都七十好几的人了，至今养猪种地起早摸黑，一年到头都停不住。伟义怎么劝说也没用，所以满肚子意见，一看到二老忙碌，气就不打一处来。

机器的声音不断地吸引着村人，四周逐渐就围拢了一伙，有的手上端着碗茶，有的嘴里叼着根烟，大家都以看客的身份，七嘴八舌地议论着。有的赞同伟义的意见，说七老八十了，不愁吃不愁穿，还叭么哩，咯是多驼的苦；也有人说，人老了就要找事做，要不病痛多，老得快，与其去扭屁股跳广场舞，或是笃笃地坐着打牌，还不如做点地里活划得来；还有的说自己做的薯粉生态环保，你看友忠老脚今年红薯种得多好，那棵薯王都有二十多斤，他用的可全是有机肥啊，比买的好到哪儿去了，薯渣还可以养猪。五哥还向友忠叔订货，说冬天到南昌儿子家去要买几斤带去。这时香火师六子跑来了，一看友忠叔用锄头使劲地在大木桶里扒着，那是因为时间久了，桶里的薯粉便会板结，必须在水中搅动着，再过滤一遍。六子便打起了剁嘴，说你这老脚扒得这么起劲啊？你一个那么漂亮的儿媳妇在那里，你不要乱扒啊！说得大家哄笑起来。

他儿媳妇沈婷长得是真的漂亮，刚见到时我还以为她是友忠叔的孙女，四十来岁了，已生育二女一男三个孩子，大女儿都快与她一样高了，她却还像是一个大姑娘。我十分费解，这山沟里的日晒雨淋，竟损坏不了她那洁白如玉的肌肤；长年的锄头扁担重压，她那亭亭玉立的体态却不变形。看那双水灵灵的大眼睛，眼睛上面那长长的卷卷的睫毛，还有那头瀑布似的黑发，披在那凹凸有致的高挑身材上，倘若走进城里，决然看不出是个乡下妹子。沈婷虽不很内向，但也不善言谈，平日里我看到她多在忙碌，很少有安逸的时间。就说她公爹公婆搞的这薯粉吧，其实她做的事最多，洗红薯、上机器、端薯浆，哪一样都有她，完了还要负责晒干薯渣用来喂猪。倒是有个好性格，无论什么情况，她都是乐呵呵、笑眯眯的，从不发愁生气。这不，被六子几句剁嘴一逗，搞得她面红耳赤，低了头抿了嘴，手中的动作更快了。

六子在村里是有名的乐天派。他经常为做道场的人家当香火师，那活儿是个苦差事，劳更守夜的，一场下来就是三五天，还要代得劳，啥事都能干，又要愿为主家着想，尽量减少繁文缛节，既不把孝子搞得太累，又为主家节省费用，所以团方地境都愿意请他。做得多了，他也变得油嘴滑舌，好打剁嘴。也是，夜里瞌睡重，就连孝子都没有哭声了，可和尚道士还要有一阵没一阵地念经唱曲，他就得操心那些烧纸点香的事，这样的熬夜多了，他就养成了两个习惯：一是喝酒；二是开玩笑，山里人叫作打剁嘴，以此提神醒脑。据说在他年轻的时候，一次为一个人家做道场，死者是个年轻人，当然他妻子也就成了年轻的小寡妇。那和尚是个花和尚，见小寡妇年轻漂亮，就打起了歪主意，两三个晚上后，深夜和尚唱经，寡妇跪在灵前哭泣。和尚唱着唱着就走了调，他边唱边挪到寡妇身边，口里唱的是“小娘子长得好哦”，“没了老公很寂寞啊”之类的词儿，还开始动手动脚起来，小寡妇心里生气，又不好表现出来，就自己往火盆里添纸钱，口里哭诉着：“夫哇，我的命好苦啊，你走了我靠谁啊！”和尚接着唱道：“你就靠我哦！”那寡妇也不是善斋公，她悄悄地把和尚的长袍拖一只角到火盆里，眼见得烧起来了，和尚还未察觉，还在磨蹭着往寡妇身边靠，这时六子从外面走进来，大声说：“和尚师傅呃，你靠着了啊！”和尚这才惊醒，忙不迭地打火，小寡妇却偷偷地笑了起来。那以后，“和尚师傅——靠着了”就成了此地民间特有的一个歇后语，在当地流传开来。

“咯个老不自重的东西！”友忠叔也不生气，手里的活儿也不停，只是轻轻地笑骂了六子一声，然后抬头向着伟义说，“去管一下崽姑哩，看他们吃好了没有，该上学了。”

伟义便大声朝屋里喊：“崽姑哩，你们快点哦！”

要说友忠叔一家美中不足，就是几个孩子读书不理想，尤其是那个小男孩末亚哩，上了三个一年级，成绩还是跟不上。有一次我们在地场上闲聊，见末亚哩跑了过来，做木匠的跃进便问他：“五加三等于几？”末亚哩翻着眼睛朝天，心算了许久，还是答不上来。跃进就故意逗他，“是不是等于九？”末亚哩蛮认真地思索了一阵，郑重地答道：“嗯，是等于九！”引得大火笑岔了气。

不过孩子学习跟不上，并不是孩子本身不行，而是与学校的教学力量不足有很大关系。都说现在城乡差距缩小了，我看未必。单从与人民群众关系最密切的医疗、教育、文化三大需求上看，农村就远远跟不上。比如教育，农村学校缺师资、缺教学设备、缺活动场所的“三缺”现象还很普遍，教学效果、学生素质、升学率等都还处于落后状态。很多孩子不是不会读书，是没有良好的读书条件。因此，农村人只要有点钱，就要优先考虑到城里买房，至少也要租房，想方设法把孩子送到城里上学，逃离农村。伟义就已在做这方面的准备，只不过他有三个孩子，经济上负担较重，再说还得找关系，没关系的农村户口是上不了城里的学的。

太阳升到桂树梢头的时候，友忠叔的红薯粉终于打完了，连水带浆，足足装了三大桶。等到沉淀一天，傍晚时分，友忠叔再来过滤一遍，就可以晒粉了。今年他家的红薯收成不错，挖出来都是大个头，圆满光滑，很好打粉。友忠叔说，如今老了，做不动了，一次只能打二三百斤，要分上十次才能打完。看到已经晒在盘箕上的薯粉，阳光下雪白灿亮，十分可爱，想无论是炖薯粉粿，还是薯粉摊蛋，抑或做成薯线粉，都是可口美味，不可多得。

友忠叔几个开始收拾工具，打扫地场，围观的人们也陆续散去。只有桂树，还是那么宽宏大量地立在那里，微风拂来，满树的叶子发出沙沙声，似乎在为它的见闻发着感慨。

（2019 年 1 月）

蕉洞小记

（一）

提起“蕉洞”这个地名，不由得想起《西游记》，想起芭蕉洞，想起铁扇公主，想起火焰山。少时读书至此，总是为火焰山周边的那些百姓担忧，他们在那火热难熬的鬼地方究竟生活了多久？假如唐僧师徒不去那里，还有没有谁去过问他们、帮助他们走出困境？想牛魔王、铁扇公主之类的魔鬼，是宁可手中的芭蕉扇空着，也不会想到行点举手之劳，救救可怜的百姓的。

我不知道幕阜山脉为什么有那么多与著名故事相同的地名，比如“麦市”，与关羽败走的麦城仅一字之差，而且边上还有叫“关刀”的镇子；“昭关”就更奇了，虽然天下人都认为昭关在安徽含山县，含山的旅游业也做尽了伍子胥的文章，但修水县的古市镇，确确实实存在着一个叫“昭关”的关隘，关隘附近的村庄就叫“东皋”，戏文里的“东皋公”，不就是东皋的老人么？而这个蕉洞，古往今来却并无芭蕉生长，当然离火焰山也是十万八千里。山洞倒是不少，里面有没有妖怪不得而知。

蕉洞其实是一个行政村，位于黄龙山麓，百把户人家几乎全散落在山塅、山坳、山窝里，屋檐瓦角在翠竹丛林的掩映下若隐若现。清晨的炊烟袅袅升起，一点点悠闲上飘，汇入山腰的云霭。绕着村庄的是一条依山蜿蜒的小溪，像一个乖巧的孩童，在母亲怀里左右缠绵、上下依偎，许久，才咿呀嘟噜着，恋恋不舍地奔向远方。

（二）

一阵摩托的轰响，打破了山村的寂静。

开车的是一个瘦高个，年约四十出头。他开摩托的动作干净利落，从厅堂一跃而出，在地场画一个圆弧，转身冲上水泥公路，飞一般地拐出山脚，留下一溜烟尘。

年轻人的姓名我至今不知，只知道人们都叫他“天吊筋”，虽然这是个不太雅的外号，但大伙儿都这么叫，叫惯了，连他自己也认承了。天吊筋其实长得一表人才，瘦削的脸膛上，一双细长眼十分机灵，说起话来眉飞色舞，以极为快速的语言表达出对事物的看法，虽不免有所狡辩，却可见其思维之敏捷。我曾经在地场乘凉时笑说，假如我在部队当首长时遇到他，肯定会把他挑去当警卫员。可他在当地确是有名的调皮蛋，授予他“天吊筋”的美名，主要还是对他的贬称，要说含有一些褒义，那就是他的有些恶作剧，倒有些“匡扶正义”的味道，能为人们出气解恨。

天吊筋玩摩托在蕉洞一带是出了名的。

去年他搞了一个网恋对象，他戏称为“网购”。今年春节期间，网恋对象要到他家来玩，说是玩，其实是要来考察一下他家的情况，山里人叫作“观门房”。他的网恋对象家在湖南，那时正是新冠疫情最严重的时候，全国各地严防死守，相互隔离，公交、航班基本关闭，就是乡下山村，老百姓也是出奇的一致，高度警惕，上面一声令下，设置路障，昼夜巡守，绝不准外人进出村子。天吊筋想，班车到处都停开了，自己又没有私家车，怎样才能把网恋对象接进来呢？苦苦思索，他只好叫她先乘火车到九江，他自己开着摩托到九江接她。从蕉洞到九江，走国道、省道，足有六百里地，俩人顶着刺骨寒风，骑行了整整一天一夜，到家门口时，那女的已冻得浑身僵硬，连车都下不来了。这种“摩托爱情”，已经近乎生死恋了。

天吊筋还曾经用摩托撞过两次乡镇干部，一度引起了轰动。当然能激发一个普通农民冒险用摩托去撞他的，应当是“极少数个别”的了。一次是在小镇的集上，他一见到那个干部就火冒三丈，于是加足马力撞去，结果想撞的没撞到，却把一个七十好几的老汉撞死了。搞得天吊筋的老娘披麻戴孝，在别人家里叩了三天的头，扯起嗓子哭了三天的爷，才换来被害人家属的宽恕，将天吊筋问成个过失罪，免于刑事处罚，罚款几万元了事。两年后的一天，他骑着摩托正行驶在港皮（小河岸）上，迎面又遇到了那个干部，那个干部不知在谁家喝了酒，骑在摩托上歪歪扭扭的，天吊筋只抖了下龙头，对方就摔进了港下沟里，右臂粉碎性骨折。派出所的民警要抓他，他说你们闻闻那个干部的嘴里，酒醉醺醺，不知又在哪里呷冤枉了，一天到晚搜刮百姓，胡作非为，连个摩托都骑不稳，明明是他撞了我，还要倒打一耙？那个干部百口莫辩，只好认栽。

喜欢骑摩托的天吊筋，虽然在外面“戏得活”，但乡亲们却不是很嫌他，甚至更多的是对他感兴趣。“咯崽哩对人好，”村里老少爷们总是这样说，“从不害人。”还有就是评价他的人品不错，不偷不抢，不打架不伤人，不鬼崇怪道。虽然喜欢在外面“戏姑哩”，至今也没有正经成个家，却没有发生过恋爱婚姻上的纠纷，他还津津乐道地向人夸耀说："信不信？我在外面的儿子有四五个呢！"

不过这一天，天吊筋不是出去骑摩托兜风，也不是要去找人寻衅闹事，而是有件紧急事情要找人摆平。

（三）

房地产的发展，特别是城镇化的飞速推进，给山里人带来一个意想不到的问题：沙不够用了！因为修路盖房量大，制造混凝土所需的沙子实在太多，那些小河小溪里本来就剩下为数不多的存沙，十几二十年工夫便被掏挖光了。无奈之下，人们只好利用当地多为白沙地质的特性，挖山运土，从土里掏取砂石。虽然沙子的质量远不如河沙，但尚能将就着使用，不仅当地，就是附近三省九县的县城，也有建筑商前来购买的。一时间挖机铲车轰鸣不止，运土车辆络绎不绝。此种现象甫一露头，立马引起了地方政府的高度警觉，须知这种搞法破坏性极大，如不及时制止，很快就会到处山体裸露，水土流失，好不容易建起来的新农村，就会变成"破农村"，造成不可设想的恶劣后果。

于是，政令一出，四方皆静。村干部坐地监督，乡镇的林管员、土管员、驻片干部乃至派出所的干警，等等，四出巡查，若有胆大妄为者，一律严惩不贷。

这样一来，却又愁坏了那些机械车辆的拥有者。他们都是山乡里一些有文化有头脑的中青年人，外出打工多年后，总想回乡创业，落叶归根。他们发现农村的基建方兴未艾，便倾其所有，外加借贷，购买铲车、挖机或农用运输车，加入到农村基建队伍之中，以求分得一杯羹。不料刚一起步，就碰到这么个始料未及的难题。本来事到如今，乡下各种公路桥梁已经饱和，城镇扩建难以为继，就连农民建房也大不如前，此时投资这一行，真不是时候，可惜农民的眼光本就不长远，又苦于没人点拨，看到先行者有赚头，立马有不少人跟风，就这么糊里糊涂地一起掉入了坑里。加上庚子年新冠疫情长时间肆虐，使得农村基建规模迅速下滑，这些机械几无用武之地，眼看一家人坐吃山空，借贷还款压力山大，教人如何是好？

天吊筋就是这群走霉运者中的一个。

天吊筋思谋了好久，与本村的三弟一起，巧立了一个“承包山地种药材”的名目，办齐手续获得审批通过后，便开始了挖山。他们知道，种药材投入大，技术要求高，利润微薄，本想借此机会赚点卖沙土的钱，以养活家人，还有自己手上那台沉重的机械。不料刚一开工，就遇到了天大的麻烦，原来四邻八乡，像他们一样持有这种机械的人很多，消息一传开，立马引来了十几台机械车辆，都是不请自到，都要进来赚点钱。天吊筋和三弟想，都是乡里乡亲的，平日里抬头不见低头见，总不好意思把人家推走吧。于是那天，天吊筋的工地上好不热闹，真个是人来车往，机声震天，特别是那些笨重的农用运输车，堆着满满的沙土，摇晃着高大的身躯，发出震耳的轰鸣，往来于乡间的马路上，十分显眼刺耳。很快，镇里村里的干部陆续赶来了，说是影响太坏，不论有何理由，责令他们立即停工。

这下天吊筋没辙了。

平时天吊筋鬼精鬼精的，村里干部也拿他没辙。就说这挖山运土吧，别人不敢，他却想出了一个“屎主意”：他自己盖房，共盖了三层，他将第一第二层盖好，自己入住，第三层却不封顶，做成个烂尾楼。每当他偷运沙土被抓时，他就说是自己盖房用，带着来人去看，果然正在施工。“难道老百姓自己盖房也不能挖沙？”他理直气壮地说，搞得别人哑口无言。等到抓他的人一走，他就把沙土悄悄地运走了。这个主意用了多次，竟是屡试不爽。

天吊筋说他这是夹缝里求生存。他说他是很滑头，但他有底线，“毒人的不吃，犯法的不做，别人无奈我何！”说起这些，他总是手舞足蹈，颇为得意。

他万万没有想到，这种打擦边球的事，以前小打小闹影响不大，容易混过去；可现在事情已经搞大，那就是“人心不足蛇吞象”，反砸了自己的锅。

（四）

天吊筋有几天没来我们家门前坐了。

平时天一抹黑，只要我和五哥往地场边屋檐下一坐，总会有邻居陆续跟过来，然后五嫂就泡好麻子菊花茶，一盘端着，送到每个人面前，人们喝着热茶叨着天，度过一天中相当惬意的几个小时。

天吊筋离我们家远一些，也是每天骑着个摩托，飞一般地从蕉洞下来，停到屋檐下，拎把椅子，坐下瞎叨。

这几天因了挖山的事，估计他是“摆平”去了。

“摆平”的意思不言自喻，不就是拉关系么？这已经是神州大地妇孺皆知的事了。可在当今反腐倡廉如此高压的时代，“关系”二字竟然还有这么大的魅力，我听了还是禁不住目瞪口呆。每当媒体爆出“大老虎”落网的消息，我总是百思不得其解，惊叹官场上腐败分子为何如此之多，他们的贪心、“腐胆”为何如此之大。而到了社会底层，又发现一些“小苍蝇”竟是如此猖獗，仍然是“不给好处不办事，给了好处乱办事”，甚至连一些普通百姓也学坏了，若要在他面前赚点妄心钱，就要搞点“封口费”，否则他就去举报。

尽管如此，我还是多次以一个老者的身份，告诫乡人不要动辄“摆平”，遇事还是按政策规定办为好。可是说服力不大，他们可以举出一箩筐事例，比如孩子择学、看病住院、批地基盖房，甚至办低保、定精准扶贫户，等等，几乎都要靠关系，给“好处”，有关系的不该搞也能搞，没关系的该搞也搞不了。

我曾没事瞎捉摸，发现如今有两件事基本达到了公平。一件是医院的看病挂号。以前农民进城看病有多难？单一个排队挂号就把你难得半死，短的要半天，长的几天都挂不到，越是大城市越如此。农民等得难受不说，还要多花很多钱。很多农村人便不得不去找在城里工作的亲戚朋友，为其拉关系走后门，挂上号再进城。后来医疗改革，许多医院改用网上预约，这个问题便迎刃而解了。另一件是办低保。以前有的地方低保指标被一些办事的把持，有关系的不够条件也办　个，真正的穷人却办不到，所以，农村出现了领着低保补助盖楼房、开小车的怪象。后来上面一声令下，必须做到“应保尽保”，意思是不管你以前怎么搞，如果发现村里有老弱病残没有办到低保，就要对乡村干部严惩不贷！而且必须对群众公开，随时接受举报。这样一来，那些毫无关系的老实贫困户，才获得了政府给予的最低保障。

如此看来，要克服不正之风，实现公平正义，也不

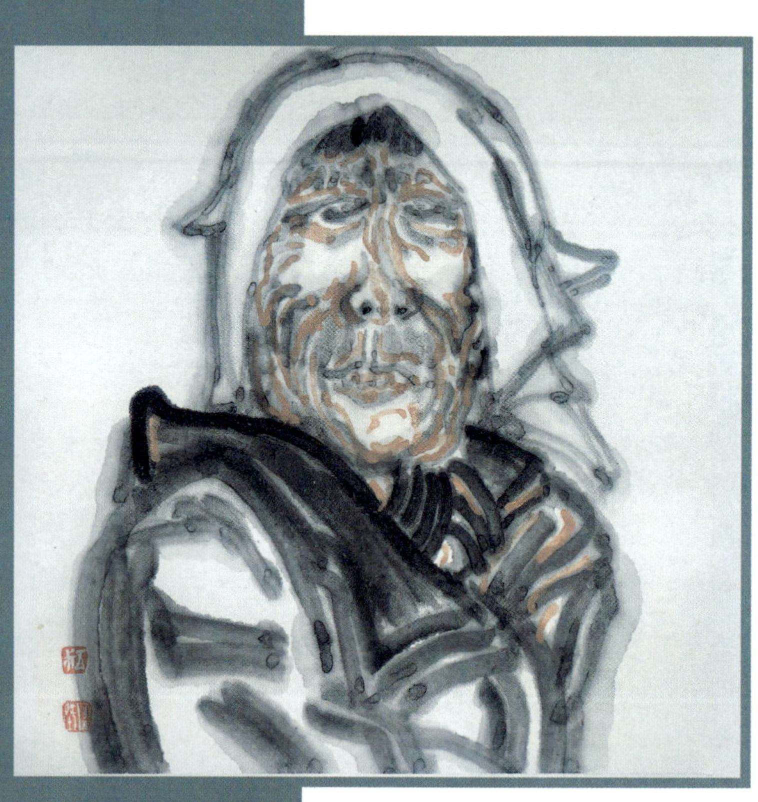

是难于上青天的蜀道，只要真心实意为老百姓办事，真正做到“以人民为中心”，就没有过不去的坎，就没有撑不起的天！

反正对于我的话，天吊筋根本听不进去，说若是按您说的做，我恐怕早就饿死了！我只好摇摇头，叹口气，闭上嘴。

（五）

山村的夏夜，看上去总是那么静谧。月朗星稀，大地披银，群山默立，河水闪亮。垭中的稻田里，但见影影绰绰的禾苗，在微风的抚摸下，展现着摇摆的身姿，卷起层层波浪。此起彼伏的蛙鸣声，更增添了安寂的氛围。身处这久违的清净世界，我不饮自醉，斜倚在松木椅子上，闭目无思，竟悠然飘上了深邃的苍穹。

一阵喊叫声，把我从缥缈中唤醒。我这才发现身边已无一人，刚才纳凉的都不知跑到哪里去了。喊叫的是五嫂，似乎在高声责怪五哥，说叫他负责煮笋，却跑去看关菩萨，结果一锅竹笋烧焦了，差点引发煤气泄漏。

我闻声跑到后屋去，只见一户人家门前灯火通明，一群人静静地围在门口，在看打倡。打倡也叫关菩萨，好像就是跳傩舞，两个道士面戴傩具，手执法器，对着一个木雕的菩萨，一会儿念念有词，一会儿边唱边舞，菩萨前边还燃香点烛，烟火缭绕。围观的人群看得聚精会神，表情肃穆，神秘兮兮。

我慨叹于山区的无奈，时至今日，科学特别是医学已经高度普及，迷信活动竟然还是如此泛滥。山里人对鬼神的信奉无以复加，不仅过大的节日要打倡驱鬼，家里一有人生病就怀疑祖宗不安，或是被鬼魅所害，首选的不是就医，而是到老爷庙里烧纸上香，求神问卦，降水化符，或是在家里关菩萨、扶乩笔、出弟子。民间还到处流传着菩萨的显灵，故事讲得活灵活现，有根有蒂。通过一遍遍地渲染扩散，又加深了人们对鬼神的信奉。许多疾病就是这样被耽误了治疗，从而造成恶化、死亡的悲剧。

在山里寓居的日子里，我目睹过一些佛事场景。老人故去了，子孙们都要为其做醮做道场，这已成为山乡枯燥生活中的一道色彩，周边的人们不仅为死者哀悼，也会兴趣顿添，觉得又有热闹看了。佛事的时间有长有短，一般是三天三夜，最长的要做七天七夜，好得如今有冰棺，否则尸体不知如何存放。我略微了解了一下七天七夜道场的程序，除去头尾两天为开灵、上山埋葬外，中间五天先后有：

第一天：接灵、念经、请水、扫荡、颁师、大仟押、净坛、收兵接界、妥煞、观音经、请师回堂。

第二天：请师出堂、司命家堂、正告、取祖、告社、请佛、颁恩、接赦、宣赦、拔亡、朝暮、扎坛、团孤、开路、接亡、到间、安歇。

第三天：请经、荐灵、诵经、祈祷、初禅、念经、二禅、诵经、三禅、诵经、晚朝。

第四天：早朝、荐灵、启血盆、元辰启请、对班、化树、宥罪过案、纳血盆、纳经、送经、送水、升仙、祭车夫、开灯、打灯、赈孤、送灯、辞神、安土。

第五天：化财、上堂、圆工。

细细算来，共计六十一项，可见其复杂程度，委实难以想象。

这样一场道场下来，几乎全村族人都要上阵帮忙，家家息烟，户户关门，都集中在主家吃喝，来往悼念的亲朋好友络绎不绝，每顿要开三五十桌，总共需要花费十几二十万元。而这种宗教加迷信的活动，有很多是脱离了祭奠亡灵的本意的，我琢磨基本围绕两大需求展开：一是和尚吹鼓手，想尽办法从孝子身上掏钱。尤其是“摸棺哭灵”一出，那个专门来帮助孝子哭灵的女人，本来与主家八辈子都搭不上，却好像死者真的是她父母，哭得死去活来，连围观的人们都有好多被感动了，竟陪着掉眼泪。我想以这种方式赚钱，真是世间少见。二就是“打剁嘴”。玩笑开到丧事上，也算是一大奇葩了。也难怪，几天几夜的时间，若是全要唱经念佛，念的会累死，听的也会无聊死。于是，“民间高士”就发明了许多荒唐节目，夹杂在佛事中间，像祭车夫、打灯、赈孤等，都是说唱一些男女偷情、爬灰乱伦的故事，每说唱完一段，则是一阵锣鼓唢呐声起，围观的人们开怀大笑，插科打诨，场上欢声笑语，呜呼连天。这哪像是在办丧事？分明是一场节日的狂欢。

夜晚地场闲聊中谈及这些，便有人叹口气，若有所思地说，山沟里太缺文化娱乐活动，除了牌桌麻将桌，也就只有这样的地方吸引人了。

想来也是，现在的农村，有谁在管事？有的只是些约束、惩罚性的，如罚款、没收、抓人等；或是劳民伤财的面子工程，如强制民房“平改坡”、统一外墙粉刷、填不完的表格报不完的材料等，都是做给上面看的，都是些形式主义。而真正服务农民、关心农民痛痒的事，却是凤毛麟角。农民处于无人管的状态，就只有自谋生路、自行其乐了。

难怪五哥看关菩萨会忘了煮竹笋的事了，听说那晚把竹笋煮焦了的还有退休的刘老师，他家的炉罐底都给烧掉了。

（六）

约摸四五天后，天吊筋又出现了。

那天是朔日前后，夜里没有月光，地场上黑黝黝的，只有满天繁星在头顶闪烁。我们正在东扯西拉，忽然一束车灯射来，随即一阵轰鸣，天吊筋骑着摩托，一个急刹车，停在边上，而后拉把椅子坐下，接过五嫂端来的热茶，嘬一口茶水，长长地呼出一口气。

“摆平啦？”三弟从椅子上欠起身，连忙问。

“当然摆平了，”天吊筋不无得意，“明天开工！”

“哦——”在场的人都为他们松了口气，纷纷表示关切，说“那就好那就好”。唯有我感到很纳闷，不知道他究竟是怎么摆平的。天吊筋诡异地对我笑笑，伸出右手，大拇指和食指捏一捏，我便会意地点点头，心里却很不是滋味。

躺在床上，我横竖睡不着，心里总是想着那座被挖开的小山，那山似乎真的压在我的身上，压得我喘不过气来。

第二天，我还是找到了天吊筋，我说不管怎样，你们种药材的计划还是要坚持实行，山土挖走后，要平整土地，使之恢复植被。否则那块山坡就是大山的一块伤疤，会导致水土流失。天吊筋说一定一定，不几天，他就拿出了一份山地复垦方案，主要是开辟一块占地百亩的药材种植项目，边缘地角还规划了松、杉、油茶果等经济速生林的种植。他说赚钱是他生活的必须，设着法儿也要去拼，但是他的良心还在，不管人好不好，山是好的，他要对得起自己的良心，对得起故乡的山水。他请我放心，待到挖完沙土后，他会尽力维护好这一块生态，确保安然无恙。

我看着他的脸，脸是黧黑的，挂满了疲惫和风霜，那双细眯的眼角，似乎又添了些许皱纹。我从他侃侃而谈的语气里，听出了诚恳，听出了度量。

（七）

盛夏时节，我爬到了蕉洞顶上。

蕉洞的地势，是一个由低到高的大山冲，最高处海拔近九百米，是一个消夏避暑的好去处。住在里面，日间清风习习，梯田泛绿。坐于树下，捧着书本，听着森林里不时传来的“婆婆蝉”奇特的叫声。那一声声“差媳妇，差媳妇，祭夜壶，祭夜壶”的叫骂，夹杂着“吱——”的拖音，叫人觉得如泣如诉，不知这个前世做婆婆的灵魂，受了媳妇多少虐待，竟至如此恨之入骨。到了晚上，气温会降到二十度上下，不仅不需要空调电扇，而且还得盖上薄薄的被子，以防受凉。

我有时站在山岗上，放眼望去，蕉洞外边便是一片丘陵山地。这里的地质很奇怪，高山峻岭是红壤土质，长满了茂密的森林；丘陵地带则是白沙土质，有的还是未进化好的石山，看上去是石头，挖开来又是沙子，所以上面难长植物。也正因为此，才有开采出来用于搅拌混凝土搞建筑的价值。我有时真的怀疑这里从前是否就是火焰山？不过不知有没有被孙悟空扇过，反正现在那些小山包周围都长满了灌木，宽一些的山沟里还种上了庄稼，也有少许乔木掺杂其间，远望去红绿相间，与山边接踵逶迤的村庄一起，构成了一道道秀美的风景，教人舒心惬意。

天吊筋的项目还在进行，从高处望去，有农用车辆从洞口驶过，车上装满了沙土，不过车辆很少，形不成气候。那座开挖的小山，也是边挖边填，整成新地，的确是个复垦的架势。

看到这里，我忽然兀自叹了口气，自己也不知何故，脑子里蹦出一句话：

任何时候，都是农民最难！

（2020 年 7 月）

山的温度

山是有温度的，这一点我坚信不疑。

小时候躺在山野草窝里，总是有一种躺在父亲怀抱里的感觉，似乎听得到山的心跳，感受得到山的体温，心里异常舒服且异常踏实。抬眼望望太阳，太阳也在看我，笑眯眯的，不知它在笑什么。常常这样对视一阵子，我就迷迷糊糊地睡着了，不能不承认，那是一种幸福的时光。

后来到了汤罐哩，我愕然想起，太阳一定是在笑我无知，抑或笑我太容易满足了。因为在山的身上，除了无处不在的体温，还有从身体深处喷发出来的热能，源源不断地输送给大地。原来山的温度还是因时而异的，天热的时候，它给人送来凉爽的泉水；到了寒冷的冬天，却有一泓温泉供人类尽情享用。我于是经常慨叹，山啊，光用“雄伟”“峻峭”“伟岸”之类的词句，如何概括得了你的胸襟？

显而易见，汤罐哩其实就是一处温泉，地址就在黄龙山下的太清塬里。温泉在各地的叫法不同，比如江西宜春就叫“温汤”，而云南腾冲则叫“大滚锅”，湖北咸宁称为“沸潭”。作为一种地热资源，温泉在世界各地数不胜数，当然其质量优劣不同，符合泡澡疗养条件的也不一定很多。据地质部门资料，太清汤罐哩的地下水水温高达83度，且氟含量、氡含量均超过了理疗热矿水水质标准，对人体皮肤、肠胃、心血管等都有辅助治疗效果。当然这些都是后来公布的，老百姓并不在意，他们就知道在这里洗个澡非常舒服，皮肤光溜，浑身舒爽，心旷神怡。要是有个小感冒呀，伤风头疼呀，或是长了个小疖子小疹子呀什么的，泡几回澡，一准会好。正因为此，这个汤罐哩名扬远近，每到冬季，不仅本地的，还有来自江西修水、湖北通城、湖南平江等交界地的人们，也都纷纷结伴而来，享受这大山赐给的恩惠，以泡个澡为人生之一大快事。

以前的汤罐哩很简陋，用现在的话说是很原生态的。也就是在温泉眼之处，用石头围起一个大水池，足可供上百人洗浴。穷乡僻壤，又无人投资经营管理，就这么一个水池，前来泡澡的人也就只能将就应付，无论男女同池共浴了。其实就像现在很多温泉，建造了好多个池子，还冠以许多药用、美肤、养颜之类的美名，让人们随意泡洗，不是也不分男女吗？可在过去，汤罐哩男女共浴的情况渐渐流传开来，越传越走样，变成了隐晦而神秘的一种风情，给一个好端端的地方蒙上了一层不光彩的灰尘。

我第一次到汤罐哩泡澡，是在一个雪后的早晨。

那还是二十世纪八十年代，正是改革开放初期。春节前夕，我从部队省亲，到岳父家小住。一连数日，天气出奇的寒冷，彤云密布，朔风怒号，正是酝酿降雪的阵势。果然一日早起，推开门户，但见一片皆白，就像是老天爷给大地盖了一床棉被，无论田野、村庄，抑或山峦、树木，一律依其高低走势，掩护其中。雪似乎下累了，她们躺在山地上，露着洁白的肌肤，是那么清静安然。天地还是灰蒙蒙的，但显得很清新很开朗，毫无压抑之感；旷野里万籁俱寂，只有一些屋顶的烟囱里冒出的炊烟，仿佛在抚摸着洁白的雪野，昭示着雪后的生机活力。见到雪霁，五哥便邀我去泡温泉，说这样的大冷天，泡澡最舒服。于是早饭后，兄弟几个便踏着雪，朝汤罐哩走去。

汤罐哩处在一条小河边上，背靠一座独立山头，名叫“苍龙寨”，山虽不大，却很陡峭，位居要冲，十分险峻。我想既称为“寨”，必是扎兵御敌之所。一打听，果然不凡，早在春秋战国时期，这里就是吴、楚必争之地；三国的东吴在此立寨，大将太史慈镇守；老人们耳闻目睹的，此地就是北伐、红军、抗日等时期的战场，苍龙寨上以及周边一带，至今还能捡到枪炮弹壳呢。远远地，就见山下一股水汽不断冒出，缠绕在山的上空。五哥说如今的汤罐哩变样了，进去要买票了。我一看，以前那口大水池还在，但不准在里面泡澡了，水池前边，新盖了一排小木屋，一道简易栅栏横在路上，不交钱的不得进入。我心里顿感纠结，一时难分对错。从前那口水池，泡澡的人自由进出，反正是大自然的产物，是山的赐予，不是谁都可以享用么？可遇上市场经济，问题就来了，泉水边上的人说，此泉生在我家门前，就应归我管，提出要收费。可附近的人们不干，说温泉是地热资源，谁都有份，自古以来无有收费之理。官司打到某处，某处猛然醒悟，现成的财源为何不用？于是颁下一纸公文，温泉实行承包开发，收入归某处。真是生财有道。

我脑子里突然蹦出“剪径”俩字，想起了那句“此树是我栽，此路是我开，若要从此过，留下买路财”的话来。可古人云“盗亦有道”，剪径者也得开了路、栽了树，方可在那儿举起两把板斧，或是腰间拔出砍刀，大叫一声“呔”吧？

自那以后，我就好久没有再去汤罐哩泡澡了。

对于故乡而言，一个背井离乡的游子，其实就是一个过客。几十年来，我很少回望故乡，脚步总是在坎坷途中奔波跋涉，足迹遍布世界各地，当然温泉也见得不少。印象中，最远的是冰岛的蓝湖温泉，最高的是贡嘎雪山的海螺沟温泉，最险的是有着“地狱之门”之称的新西兰罗托鲁瓦地热公园。虽然这些只能说明跑了很多地方，并无可炫耀之处，可偏偏家门口的这一口温泉却无暇顾及，以至阔别有期了。可见，乡情亲情，说起来简单，内中有多少复杂的含义啊，它包含了爱恨、喜忧、进退、繁简，包含了游子对故乡所有的珍惜与期待啊！不管怎样，随着时间的推移，心中对故乡的牵挂，总是少了责怪，少了苛求，多了歉疚，多了思念。我想这也是落叶归根的表现吧，所谓“乡愁”，不就是这样产生的吗？

于是时隔多年，我又想起了那个汤罐哩，想到那里去尽情地泡一次澡。我在脑子里时常幻想，汤罐哩也不知变成了什么模样？我很怕像有的地方那样开辟出若干个温泉洗浴中心，使老百姓望而却步；更怕像有的地方那样大搞房地产开发，利用温泉抬高房价大发其财。因为一处良好的自然资源，如果只是富了少数人，大多数人没有得到好处，就绝不是什么好事。“一花独放不是春，百花齐放春满园”，那才是我们的追求啊。到了苍龙寨下，发现汤罐哩倒是没有我设想的那些变化，不过眼前的情景并没有使我兴奋起来，甚至同样地令我沮丧。过去的小木屋不见了，栅栏也拆除了，换成了好多家“温泉旅馆”，都是附近农民批了田地，盖起小楼，东一栋西一栋，接通温泉，坐地赚钱。其实温泉资源远远没有用完，大量泉水从开挖处流出，蒸发着气雾，流向田野，流向小河，白白浪费。这只是地上的，地下的就更多了，据说地下温泉水脉有十几公里远呢！我想这汩汩流淌的暖流，这巍巍大山的馈赠，人们难道就这么不领情么？

站在山口，环顾太清塬，我的心情是异常复杂的。几十年来，山乡变化确实很大，不过不是我想象的那种青山绿水秀美新村。山还是那山，水还是那水，可山下那些村庄变了，变得杂乱无章、拥挤不堪了。过去是依山临水的青砖瓦舍，现在是横七竖八的平顶楼房，最令人痛心疾首的是山里那点宝贵的基本农田，已被不断蚕食，所剩无几了。农人说这里从来没有人为他们做过规划，只要交钱就能批到土地。几十年了啊，虽然后来有所遏制，但大势已去，乱象已定，无法挽回了。想这几十年的风雨兼程，山里人究竟收获了什么？是年复一年、代复一代的外出打工？是口袋里朝不保夕、坐吃山空的那点小钱？抑或是眼前这一栋栋坐落在基本农田上的简陋小楼？我似乎看到了牌桌上聚集的白头翁，看到了床榻上待医的老病妇，看到了放学路上蹦蹦跳跳的孩童们。在他们的背后，隐藏着多少岌岌可危的巨大压力啊！为什么没有一个机制，帮助他们从根本上改变这个面貌，走出困境，走向坦途？我猛然想起了宏伟的“乡村振兴计划”，如果利用温泉资源，打造一个“特色小镇”，把这偏僻落后的山区建设成为现代化的新农村，让山的温度惠及家家户户，再加上以良好的自然环境、丰富的人文景观，开发乡村旅游，让广大百姓都能得利，那该多好！就不知这个太阳的光辉，何时能够照耀到偏远山区呢？

我自是不想去泡澡了，兀自站在苍龙寨下，望着黄龙山。黄龙山真的是座好山，千万年来，它以其宽广的胸怀，容纳了所有藏身于斯的生灵；它以其甘甜的乳汁，养育了方圆数百里的百姓。尽管在它的身边，不断地上演着悲剧喜剧，不断地有善良和邪恶在斗争、在较量，它的身姿依然是那么沉稳，它的面容依然是那么慈祥。即便万劫之后，只要能见到它，你就会感到温暖，感到心安，感到浑身充满力量。

一阵山风吹来，带来了丝丝凉意。我这才发现，太阳已经落山了，是山在提醒我：天不早了，该回家了。

（2018年7月）

四哥的小土屋

四哥家坐落在镇子边上的一个山窝里。屋子不大，是幕阜山区过去常见的那种金字型简易农舍，土墙砖壁，瓦顶木梁，连堂五间正房，两头各带披水。屋子建在一座小山包下，沿山脉走向，翠黛逶迤，牵手远处的幕阜山脉。屋前是一垄缓缓的梯田，扭着秧歌直达二里地外的大塅。右首山梁的西面，便是湘鄂赣三省交界的大镇，交通、生活异常便利，却又不闻嘈杂之声。山窝里三五人家相邻而居，阡陌相连，篱笆相接，鸡鸣犬吠相闻。这的确是一方难得的风水宝地。

小土屋在我心中印象极深。

每次我们去四哥家做客，四哥四嫂总是浑身笑意，

乐不可支。尤其是四哥，一见面便拉着我的手，咧开嘴，露出一脸微笑，口里一声“嗯呃——”，歌唱似的拖着长音，半天说不出下文。我知道，四哥的特点是慢，走路慢，做事慢，尤其是说话，字与字之间总要夹个拖音，其实很多话不等他拖完，意思早已明白，但还得等着，有时连旁人都会莫名其妙，奇怪地扭头观看。例如这一声“嗯呃——”，后面就是“回来啦？太好啦！”之类的意思，饱含着亲情、热情和倾心相待的心情。紧接着，他便把我引进土屋，陪我在堂屋落座，忙不迭地招呼儿孙们向我问安，四嫂也立马端上了热腾腾的修水茶，一股茶叶菊花芝麻混合的异香扑鼻而来，小土屋里充满了温馨欢快的气氛。

小土屋真的很土，仅能勉强住人。比如说土墙的两面尚未粉刷，用手指都可捏下土屑来；屋顶没有砼楼，瓦缝墙隙到处透风。可土屋的“土”气又十分讲究，凸显出中国传统文化的特色。门前是花岗岩大门框，八字门型，顶上正中刻有阴阳八卦图，下面两扇腰门，挡住门外鸡鸭。堂屋北墙上，嵌挂一个木制小神台，台上安放着祖宗牌位，以及最近仙逝的祖上遗像，前置香炉，用于年节祭拜。神台两边是一幅老联，道是：“花开富贵真富贵，烛报平安果平安。”台下一张八仙桌，两边靠墙是十余把松木椅子，简单而朴素。从土屋的身上，我仿佛看到了四哥那劳作不倦的身影，窥见出四哥温厚善良的性情。

这栋小土屋，是四哥大半辈子心血的结晶。

早年四哥住在塅里的大屋里，那是他小时候被过继的人家。大约在他七八岁的时候，正是“三年困难时期”，与全国各地一样，山区许多人家都揭不开锅，我岳父家的充饥物，从薯丝到萝卜丝，又从萝卜丝到野菜，眼看山野里的野菜也被挖光了，一家老小面临着饿死的危险。这时有一个亲戚跑来，对我岳父说，你家这么多孩子，与其等着饿死，不如放条生路。说镇上有一对夫妻，家境尚好，可就是没有生育，想带个儿子养老送终，你何不过继一个过去？说过继，其实就是送人，当然对方也会付给少量的钱款。老两口虽极不愿意，但也没有更好的办法，便只得依了亲戚之言。可在选哪一个的问题上却犯了难，按说一般是选最小的，也就是五哥，可八岁大的五哥听了大哭，说宁愿饿死也不去别人家！这时四哥就挺身而出，为父母排忧解难，忍着泪水，改名换姓，来到了一个陌生的家。好在继父母还不错，也是一对厚道人。说家境好，其实也就是混个温饱而已。对过继来的儿子倒也非常疼爱，好吃好穿的从不齐啬，直到抚养成人。待到四哥结婚生子、孙辈成群之时，二老却又先后谢世，完成了接续香火的大任，只剩下两张遗像、一块祖牌，享受着香纸熏烤、冷盘敬献的应有待遇。

到了二十世纪八十年代中期，四哥家那几间旧房已是岌岌可危，再说儿女几个，也实在住不下。于是他和四嫂起早摸黑，节衣缩食，积攒下几个钱，在自家的宗地上，盖起了这栋土屋。乔迁的那年，我正好回乡省亲，在小土屋前见到四哥，发现他本不壮实的身体更加消瘦了，背也有些佝偻，脚步也有些蹒跚，总是微笑着的脸上，皱纹更多更深，眼睛更显浑浊，也显得越发地苍老而慈祥。我看土屋如此简陋，不由对他的艰难所为深感怜惜。可他却并不在意，还是乐呵呵的，他说现在好了，你们回来就能在我家住了，房子不好，但是新的，干净卫生，好住的，好住的。他似乎对自己的生活非常满足，因为他家的责任田就在小土屋的前面和旁边，在屋后的山坡上还开了几畦荒地，辟为一个菜园。养鸡养鸭也比大屋里好，在山上放养，又生态又省事，还不碍邻居的事。夫妻俩种地几乎种出了花，异常精细，无论主粮稻谷，还是副食蔬菜，一律不打农药，尽量不施化肥。为供几个娃儿上学读书，每年还把上好的谷米、蔬菜拿到镇上出卖，都是好东西，能卖个好价钱。这日子，苦则苦矣，可四哥过得乐意，过得稳实，还是乐此不疲。

见四哥的光景不错，我和妻子自然也就放心了。四哥是个老实巴交的忠厚人，尽管知道我多年在外，也不是等闲之辈，但他从不为自己的事情找我，有困难总是默默承受，自己设法解决。到了后来，孩子们陆续长大，有的工作在外，有的打工赚钱，都成了家立了业，分开过了，而他们老两口还是住在那栋小土屋里，还是在辛勤耕耘着门前屋后几亩田地，日出而作日落而息，安分守己地过着平凡的日子。

忽然有一天，四哥破天荒地给我来电话了。电话里四哥显得异常着急，说有件急得冒火的大事，非得你跟我想个办法不可。我左听右听，许久才弄明白，原来是关于土地问题。当地实施城镇化建设，镇子扩建到四哥那个小山窝，要征用他和村里农民的责任田，小土屋也在拆迁之列。四哥说征地拆迁都没问题，他们会服从公家的大局，但给予的补偿太少，一亩地也就二三万元，一次性买断。我问他镇上有没有为他们办社保？我知道这是有政策规定的，这笔钱在出让征用土地的收入中微不足道。他想了想说没听说，他可能还不知道社保对他的重要性。农民就是这样，只顾眼前能拿到手的，并不关心长远的大事。他说我没有土地了，以后靠什么吃饭啊？说着说着，四哥竟呜呜咽咽地哭出了声。

放下电话，我心里异常沉重。我知道这是一个较为普遍的问题，我能给他拿出什么好办法？大搞城镇化是发展的需要，是现代化建设的必经之路，这是无可非议的。问题是怎么搞？如何把握速度？这才是关键所在。比如四哥那个镇子，我熟悉得很，是个深山小镇，以前仅有一条老街，青石板街道，两边是砖木结构的商铺，街道后面散住着百十户人家。也有几间旅社、粮站、信用社等，坐落在老街的尽头，均为解放后新建。到得后来，镇子日新月异，越搞越大，前几年我开车回去，竟然在几条街道上迷了路。面对那鳞次栉比却又空荡荡的街道，我真的忧虑多于兴奋。我不知道一个全农业的乡镇，究竟拿什么来支撑大型城镇的运转？失地农民即使住进了楼房，但失去了劳动的依托，如何维持家庭生活？光说供水一项，据说就遇到了大麻烦。镇里供水跟不上，就想到十几公里外的一座水库取水，水库附近的农民一听说，即刻引发骚动，纷纷手举锄头扁担进行抗拒，说这是他们的养命水，决不能被掠夺！工程队伍不能上山，引水管子见一个砸一个，最后只能取消，镇里供水至今未得到解决。现在这个镇子已经出现了烂尾工程，因为基本条件跟不上，房子难以出售，房地产商都不敢来购地了，以低价从农民手中收来的土地，成了野草丛生的荒地。一个非常浅显的道理是，所谓城镇化，必须依靠工业化做基础，否则城镇化就是空壳化、灾难化。城镇化理应是经济发展的结果，决不能成为追求 GDP 的手段。虽然匪夷所思，但很多地方至今还在一味扩建，只要新官上任，总要在城建上动脑筋，以最简便最快捷的办法展示政绩，于是到处开疆拓土，热气腾腾，此伏彼起，永无尽头。

许是我出身农民的缘故？每当看到那些县城、乡镇越扩越大，那些上好的良田被整块整块地蚕食，总是感到阵阵忧虑，阵阵心疼。我总是呼吁，人们前进的脚步不要太快，因为灵魂跟不上啊！尤其是那些不应该快的在飞速奔跑，而应该快的却被远远地甩在了后头。我恍惚看到一个虚胖子在奔跑，他气喘吁吁，他大汗淋漓，他体力不支，他正在耗尽精力，只要有人使个绊子，他就会轰然倒地。

四哥的田地很快就被征用了。听说他和乡亲们进行了据理抗争，还引发了小型的骚动，当然很快就得以平息。有所改变的一点，是那栋小土屋不拆了，四哥可以继续住下去。去年清明前夕，我们又去四哥家，远远看去，那片梯田不见了，经过推土机的奋战，变成了一大块荒地，那道山梁也有部分被推平，与镇子的新区连成了一片，一些工程作业队伍已在进行新建筑的规划施工。而那栋小土屋，看上去却变了，变得怪怪的。它的前面，由于平整土地，被挖成了一道悬崖，左边是新开的公路，把山坡劈成了陡坎，只有右边尚有一条小路供人行走。土屋看似高挂在山边上，显得那么孤单，那么可怜。

四哥四嫂知道我们要来，早早地就绕了一个大弯，跑到马路边上迎接我们。四哥说现在门前不好走了，地上搞得刮烂，泥巴呼噜，怕我们跌跤。我分明看到了风刀霜剑在四哥身上留下的累累伤痕。他的腰又弯了，身体更加前倾。依然是一张笑脸，但多了忧郁，少了灿烂。说话的拖音更多，而话语却更少了。

我把车远远地停在马路边上，踩着泥泞，深一脚浅一脚地朝土屋走去。

（2018 年 2 月）

米香

“姑父回来啦！”

我闻声一惊，即刻把眼光从手中的书上抬起，便见到一个年轻人站在我面前。

其实他的声音并不大，还是那种毕恭毕敬的口气。因为山村里的早晨出奇地安静，正是仲春时节，男人和小孩大都没有起床，早起的女客都在后头厨房里忙活。屋外的田野里一派静谧，偶尔一丝清风拂过，招得片片野花点头微笑；远处青山如黛，缕缕山岚缠在山腰，似在唤醒满山葱茏。我此时正坐在堂屋里看书，真正是心无旁骛，沉浸其中。

“不好意思，”来人显然知道他的叫声惊动了我，似乎很不礼貌，连忙道歉。

“没关系，是文和啊！”我站起身，一边与他握手，一边拖过一把椅子，请他坐下。

文和家与五哥家是斜对门。他们那个村子很小，不到十户人家，其中有五六户的屋子呈月牙形坐落，共用一个地场，真叫“阡陌交通，鸡犬相闻”。若是天气晴好，早、晚餐常常是男女老少端着饭碗，齐聚地场边上的桂花树下，边吃边聊，别有风味。因此只要我们回家探亲，他们即刻便会过来打个招呼，若不是忙于农活，还会小坐一会儿，吃碗茶，聊会儿天。

文和这回来看我，却是还有别的意思。

我认识文和当然很早，他还在孩童时候，我就摸过他的脑袋。起初听到他的名字，立马便想到了《三国演义》里的贾诩，文和便是贾诩的字。贾诩是曹操帐下的重要谋士，在战官渡、平马超等战役中，起到了举足轻重的作用，陈寿评他是“算无遗策，经达权变”，把他与张良、陈平相提并论。文和的父亲是个老师，我想把古代名人的字用作儿子的名，自有其寄托。这也是山乡里的一个习惯性做法，一如有叫“仲谋”“伯言”之类的，还不都是读书人的一番苦心？

文和的创业，虽不可能与古人相提并论，但对于他自己来说，还真是“过关斩将”用了不少胆识。他读书并不得意，高中只读了一年半就辍学了。但他勤奋，有头脑，向父母要了几百元钱，便在小镇上摆起了地摊，从外地贩来一些真假难分的生活用品，比如衣服、化妆品、洗涤灵之类，算是赚了点小钱吧。刚积累了一点资本，他又改了行，在镇上租个铺面，开了一间摩托车店。那时乡村的发展正是进入摩托车的年代，他便迅即跟上，以飞快的速度学会了修理技术，同时经营修车、卖车。没搞几年，他突然从小镇上消失了，谁也不知他去了哪里、做什么去了。几年后他又突然回来了，这回他没有再摆地摊，也不开店，而是在镇子边上开办了一个炒米加工厂，也就是个小作坊，做起了炒货生意。

也不知他从哪里学到了一手好手艺，那一小袋一小袋包装的食品，以炒糯米为主，夹杂少量的绿皮毛豆，看上去，炒米金黄，毛豆翠绿，品相就非常诱人。若是用来咽茶，把炒米和豆子倒入口中，咬一口，崩脆喷香；细嚼慢咽，香味满口，还略带甘甜。再饮上一小口菊花茶，那香甜味儿便随之拥抱味蕾，直达喉管。若是将这炒米放一把到茶缸里，与修水茶的茶叶、菊花、桂花、芝麻、花椒等一并冲泡，则又别有风味。那香气顺着茶水的蒸汽在屋子里散发开去，真是满室生香，沁人肺腑。那一碗酽酽的茶汤，喝起来味道滋润，简直赛过琼浆玉液；那一口底料的滋味儿，就别提了，保准能喜煞好多修水人。

我问是什么戏法，竟然玩转了这一袋炒米？文和淡然一笑，说要领很多，比如炒的功夫就很微妙，初期是手工作业，用一口大锅，以少量植物油翻炒，其要害就在于把握时间，起锅早或晚一丁点都不成功，必须恰到好处。又如配料，他说他用的全是取自植物的添加剂，不仅口感非常好，特别深受小朋友的欢迎，而且绿色环保，吃了没有害处。不过究竟是什么东西，这是他的商业秘密，他不便讲，我也不便问。他只说是在湖南拜了师，花了三年时间学到的。

很快，他那小作坊便兴旺起来。有了独门绝技，原材料又不愁，销路畅通，产量便一天比一天高涨，到他那儿打工竟然还要排队，择优录取。搞得村人、邻居钦羡不已。

这就是文和，可算得上是个乡村能人。他思路敏捷，动作果断，在快速发展的市场经济中，不断调整自己的定位，努力走在市场的前列。他的行动，在乡村人看来，简直不可思议。那些长年隔着重重大山、习惯了从土里趴食的父老们，就是想不通，从小到大这孩子也不是很调皮，还比较内向，甚至有些木讷，谁知他一肚子的水爬虫，闷着头东跑西颠，搞得人们头晕目眩，脑子怎么转动也跟不上他的变化。

忽然有一天，他千里迢迢来到南昌找我，说他遇到了难处，要我帮忙。我见他比以前消瘦多了，一身疲惫，脸膛黧黑，眉骨高耸，一双内陷的眼睛里充满了忧郁。他的身材本不甚高大，许是过于偏瘦的原因，看上去好像显高了不少，一套很不显档次的西装，就像挂在衣架上似的，特觉空荡。我深知搞企业的难处，尤其是个体企业主，必须事必躬亲，劳心费力，不说智商要高，就是体力跟不上也不行。我对他深感同情，叫他别急，有什么事慢慢道来。从他语无伦次的叙述中，我终于搞清了原委。他的这种食品企业，在卫生安全方面是有严格监管的，他对此十分清楚，所以一开始就严格依法依规，办理了所有手续，而且做到产品及时送检，积极配合职能部门的检查督促。他自己也常说不能掉以轻心，一旦出了问题，就是伤天害理的事，既害了别人，自己也会倒霉透顶。“可我这种产业，只有遇到善意的人才好说话，要是遇到心术不正的人，他就会鸡蛋里挑骨头。”他说他不怕苦不怕累，就怕不断地有人骚扰，怕过“潜规则”的关。我一听就明白，那时类似现象太普遍了，“不给好处不办事，给了好处乱办事”几乎成了惯例，遍及各个领域。老百姓尤其是中小企业主恨之入骨，却又徒叹无奈。我只得给他两个“锦囊”：一是要他在食品卫生、质量、安全等方面加强管理，不要留半点隐患，不要给人抓到小辫子；二是帮他找到了当地主要领导，请他们注重对民营个体企业的关心关照，防止索拿卡要、故意刁难的现象发生。

听了我的话，文和似乎松了口气，脸上逐渐露出了轻快的神情，一个劲地向我表示感谢，说只要主要领导愿意为他主持公道，就没有问题了。我看着他如释重负的表情，心里并不轻松。为什么在一个地方，任何问题的解决，都要靠主要领导？无论哪里，几乎处处相同。就像演包公戏，剧中冤情似海，状告无门，情节错综复杂，千回百转，最后包青天出场，问题便迎刃而解，曲终人散，皆大欢喜。我们设置那么多职能部门，制定了那么多法律法规，好像多是些“瞎子的眼镜——摆设”。这太不正常了，假如主要领导能力不够，情况不明，不敢拍板，当个糊涂官，或是他自身人品有问题，也与其不肖下属一样欺压百姓，那将会是什么结果？想到这里，我总是不寒而栗。

没多久，我得到消息：文和的炒米厂要搬走了，说是在长沙找到了一个地方，要到那里去干。我打电话问他为什么要走？须知在故乡创业毕竟有许多便利的。他说一言难尽，主要还是环境不太好。

我愕然。问题不是已经解决了吗，怎么还是环境不好？他吞吞吐吐，大体意思我终于明白，原来光是找人是不够的，人一换又得从头做起。我脑子里忽然蹦出了伯尔曼的话：“法律必须被信仰，否则它将形同虚设！”法律、法规，往往也是一个任人打扮的姑娘，有时她很漂亮，非常招人喜爱；有时却是那么丑陋，那么令人啼笑皆非。这里的关键，当然是看由谁来为她打扮了。韩非子曾说过：“法分明，则贤不得夺不肖，强不得侵弱，众不得暴寡。”在包拯、海瑞们面前，贤、弱、寡者便能受到应有的保护，就能出现清平世界朗朗乾坤；而在赵高、秦桧们的手下，就只有欺行霸市、百姓遭殃的环境了。如此，法如何分明？这个前提，不知韩非子当时想过没有？

中国自古以管为治，汉以降就有“牧”的官职，直接就把官员称为牧羊人，把芸芸百姓看作是羊群。中国人便也世代祈求明主、贤臣，遇到清官良吏，便高山仰止，感大谢地——似乎也只能靠天降好人了！

文和还是走了，据说在长沙发展得颇不错，他的小袋炒米注册了“山里香”品牌，销路直线上升，形势一片大好。无论如何这是个好消息，只要他干得好，企业兴旺发达，不管在哪里，我心里都觉得异常喜悦。

多年后，当我又一次回乡探亲的时候，文和的举动却大大出我意料：他又回来了，又回故乡创业来了！

听说我在五哥家，一大早文和便来看我，说他的工厂已经建成投产，邀我前去参观指导。

文和是招商引资回来的。这说明当地又来了贤能官员，加强了对经济建设的组织领导，真正为百姓着想，为企业的生存发展创造了优良环境。

工厂坐落在南楼岭的山腰上。文和说今非昔比，以前的小作坊办在镇上，有污染但影响不大，现在厂子大了，生产成了规模，首先就得考虑排污的问题。放在人口密集的地方，会污染空气；放在农田边上，会污染庄稼。所以，镇里特地为他在山腰上选择了一块平地，远离村庄和农田，确保生态环保。山坳里环境优美，厂房四周是茂密的森林，真个是青山环抱，绿树掩映，蝉鸣水响，鸟语花香。站在厂前放眼望去，是一大片绵延起伏的丘陵，丘陵间有形状各异的山塅，山塅里散布着大大小小的村庄。修水河弯弯曲曲，从山塅和村庄间穿过，在阳光下闪着银光。面对如此秀美的景色，我不禁赞不绝口，没想到一个枯燥乏味的工厂，竟然还是一处绝妙的景观。更好的是厂房还建在省道边上，产品运输相当方便。文和说这是镇里领导考虑周到，为企业节省成本。

与过去那个作坊相比，文和如今真的是鸟枪换炮了。占地数十亩的土地上，建有两座房屋，一座是车间，一座是办公楼。远看去宽敞宏伟，颇有些气派。车间里三条半自动生产线，从原料入口到包装成袋，全部是流水线完成，全程电子监控，仅在生产线的两端需要人工操作。整个生产流程不往外排放任何烟尘杂质，由全封闭的管道系统转入地下水池，然后进行水净化处理，还可循环利用。虽在山区，其绿色环保理念和现代化的生产方式，与大城市大工厂并无两样，不得不令人敬佩。我问及他的产量、收入，他扳着指头，如数家珍。他说现在家乡的政策好了，看得出是真心实意需要他们回乡创业了，回乡的优势立马就凸显了。由于他的品牌有优势，有较稳定的市场，成本下降，价格也随之降低，产量就提升了，收入当然也有增加，而且能为故乡父老乡亲增加就业，增长收入，这是他们这些返乡创业者最大的心愿。

我坐在五哥的堂屋里，抬眼便能见到斜对门文和的家。外表看去，他家和邻居家并无多大差别，新建的小楼房现在谁家都有，屋内的摆设无非也就是那些老一套，只是质量高一些罢了，比如电视机是大尺寸的，沙发是真皮的，还有一套红木茶桌，等等。然而有一个变化，却引起了山里人极大的兴趣：他的家里面，有一个人变了，他的妻子换了。

他的结发妻子是个好女客，曾经与他一道受苦，一道创业，一道打拼多年，两人还生了一个女儿，女儿都已大学毕业，参加工作了。人都说文和是个老实厚道人，不知什么原因闹了离婚，却又不见吵闹，一片平静。人们只知道文和是去湖南之前离的婚，女儿归了女方，文和还把他以前办的一个工厂给了女方，直到现在，母女俩还在经营那个厂，效益很不错。于是人们的猜测就多起来了，传他花心的比较少，较集中的是说他要生个儿子，传宗接代。那时计划生育政策还没有变，一对夫妇只能生育一个子女，经济条件好的想再生儿子，很多都是夫妻协议离婚，男方给予女方优厚的补偿，然后再娶。反正文和后来找了个比他年轻许多的姑娘，是个岭背（指湖北）姑哩。那姑哩长得很俊，瓜子脸，大眼睛，个头高挑，皮肤白嫩。还有一个好性格，见人微笑，还带点羞涩，一口带岭背口音的普通话，听起来像唱歌，很快就赢得了村里人的好感。还真是心想事成，他们婚后不久就生下了个胖儿子，两年后又生了个女儿，据说那女子还想生第三个呢。好像在山里人心里，这也是情理之中的事，所以并没有引起多少人的反感，甚至还作为一桩美谈在村里悄悄流传。

改革开放总会给一些传统观念带来冲击，孰是孰非其实并无定论。比如赌博，先前是绝对禁止的，可现在牌桌上有几个是不赌的？虽然谁也没说不禁止了，可这么玩的多了，就“法不责众”了，公安局派出所好像也不抓了。又如为死人做醮做道场，以前是要到寺庙里请和尚的，现在到处是假和尚。一些年轻人把做和尚当成了赚钱的职业，留着头发，吃着荤腥，喝着烈酒，娶妻生子，与普通人无异，而山里人对此却熟视无睹，习以为常。以前办丧事时是要斋戒的，荤腥酒水是绝对不能有的，现在也不讲究了，一边在念经唱佛，一边是大鱼大肉，请客吃酒。更奇葩的是死了父母竟出现了请人哭灵的，这在从前可是大逆不道啊！幕阜山区有句俗话，叫“请人哭爷——不出眼泪”，那是完全彻底的贬义，意为绝不可能的。谁知竟成了现实，岂不连是非都颠倒过来了？

如此看来，富起来后，休妻再娶，以续香火，也就不足为怪了。只是夫妻感情不知如何割舍，是否男女双方都很情愿，留下的子女情何以堪？这道德领域的事儿，恐怕就只有天知道了。

不管怎样，村人对义和是赞许的。他一直在扎头做事，并没有坑蒙拐骗；他做的是实体企业，也不是炒股炒房买空卖空，他是从无到有、从小到大，全靠劳动所得一点点积累而来，不是靠巧取豪夺一夜发财。他的拼搏精神、应变能力和才艺智慧，使人们佩服得五体投地。在幕阜山下，在太清塬里，他至今还是创业的一面旗帜。

（2019年1月）

火殇

吴老汉刚刚搬进新屋，才住了一个晚上，第二天早晨就死了。

吴老汉新屋门口贴的大红对联还是崭新的，门前和堂屋地上的炮仗屑都还没有扫掉，想不到人们又要为他处理后事了。

“真是世事难料！”有人发起了感慨。

“这都是命，”也有人带着训教式的口吻说，“命里只有八合米，走遍天下不满升，吴老汉就只有住破屋的命！”

令山里人大为惋惜的是，吴老汉的死因不是别的，竟是一盆火。

火对于山里人来说，是再普通不过的，一年到头，开门七件事，“柴米油盐酱醋茶”，打头一个就是点火之物。尤其是进入冬季，火便成了抵御寒冷的唯一救星。以前是靠烧木炭火取暖，秋天里，就有卖炭翁挑了木炭下山去卖，或是堈里人成群结队进山去买，自已卖点苦力挑了回去，以节省几个铜钱。立冬一过，家家户户的火炉子就搬了出来，往堂屋中间一放，晚饭后，一家人就围坐着烤火，男人手里是一碗麻子菊花茶，或是一支“长坂坡”牌卷烟，津津有味地品味着生活；女人手里是一只鞋底一根麻线，靠着火盆做起女工。有些贤惠人家的屋子里，就显得特别漾相，上岭下屋一些喜好串门的走惯了脚，都跑到那里吃茶吃烟叨蟆眼天（闲聊）。有些讲古的高手，自己一字不识，讲起三国水浒封神演义，抑或薛刚反唐罗成扫北，总之春秋战国二十五史，天扯地扯，几乎无 不会，引得那些半大不大的崽姑哩伸头缩脑，蟆起眼睛听（形容听得认真）。更有一些短命鬼讲起神仙鬼怪来，吓得人拼命往火盆中间挤，背后凉飕飕的。胆小的大姑娘小媳妇解手都不敢起身，边听边被尿憋得满脸通红。

也有一种小火炉，当然不是白居易的“绿蚁新焙酒，红泥小火炉”，而是专门用来烤火取暖的，木制，方盒形，有握手的圈把，盒里边镶上铁皮，垫上厚厚的柴灰，再置若干块木炭，盖上铁丝网织就的盖子，提在手上，或垫在脚下，木炭点燃了，拎到哪里都不冷。这个一般是供老人用的，他们行动不便，只能以此暖手暖脚。或是有些坐着做事的，例如纺纱织布的妇女，踏在脚下，用来暖脚防冻。我甚至看到过一些奇思妙想者，冬日暖阳下，坐在屋前地场上，凳子下面放一个小火炉，穿了一件棉大衣，把热气罩得严严实实，一点不漏全冒在身上，膝盖上还有一个用来捂手，看看他们的脸上，也有不少是青壮年的容颜。这情景，不禁使我摇头叹息，真是穷地方出懒汉，致富的办法少，享受的点子倒多的是。

后来改革开放，山里的面貌日新月异，住新屋的渐渐多了，用电也能满足供应了，随着留守老人们的日常生活渐渐改为打牌打麻将为主，一种取暖的电器应运而生。这种电器是一个套装，配有一张方桌，方桌四周是四块拖至地板的棉布帘，将电器置于方桌底下，人们围桌而坐，用棉布帘盖住下身，以防热气外漏，再冷的天都不怕。所以，现在在幕阜山区，你若冬天走亲访友，便与北方有得一比。北方是主人请你脱掉鞋子，坐到炕头，把脚伸进炕上的棉被子里。宾主几双脚，甭管是香的还是臭的，都一起热乎乎地捂着。而地处南方的幕阜山区，则是请你坐到方桌边上，掀开棉布帘儿，往腿上一盖，共享桌子底下那一小方温暖的宝地。加上随之而

来的一碗芝麻菊花茶，热气腾腾，茶香四溢，甚是惬意。

当然一个事物取代另一个事物，总会有一个过程。在大多数人家已经用上了电暖器的时候，也还有少量人家仍在烧炭取暖。比如一些住在高山岭上的人家，由于太偏僻，电线拉上去只能供应照明，甚至还有不通电的，至今还是刀耕火种，以原始的方式生活着。吴老汉就是这样的一个人物。

吴老汉能住上平顶房，是他做梦也没想到的。平顶房是山里人的理想和向往，是他们心中最为辉煌的“别墅”。许多人背井离乡远走深圳温州，累死累活积攒了几个钱，为的不就是盖一幢平顶楼房，告别祖祖辈辈居住的那几间破瓦房么？可吴老汉不敢想，吴老汉从小就没有了爹娘，孤身寡人一个，住在北岭山上几间挂壁屋里，他的身材矮小，体质极差，重体力活干不了，生产队里的工分不及同龄人的一半。要命的是他的智力又有障碍，看上去像个正常人，其实是个傻子。记得有个笑话在山里传得很广。那还是吴老汉年轻的时候，他挑了一担干松毛柴到墩里去卖，挑到半路累得不行，他就放在路边歇息，心想这么重，我肯定挑不到铺里，不如烧掉一只角，不就轻了吗？于是他真的刮根火柴，点燃了柴捆角上的松毛。不料那松毛火不听他的使唤，不是烧一只角就熄灭了，而是噼噼啪啪把一担柴火连同扁担绳子一起烧掉了。路过的人见了都惊得目瞪口呆，传为奇谈，山里人叫“蠢到了笃”。

在我的印象中，吴老汉从青年到壮年，不仅没有成家，而且仅有的两间破房空徒四壁。床是破的，床上的被子是破的；一张饭桌是破的，桌上的两只碗是破的。一个煮饭烧水的推动钩上，挂了只破炉罐。一条凳子只剩下凳面，用两块砖头垫着。地上满是柴灰稻草，脏乱得无法下脚。他的身上，下身一年到头是一条折腰裤，用根草绳系着；上身的衣服，唯有一件蓝色的棉袄，那是公家发的慰问品，每年一件。到了秋天，他就天天穿着，直穿到来年初夏，棉袄也差不多破得不能穿了，他便脱了棉袄，打着赤膊下地劳动，一任日晒雨淋，待到身上的皮肤脱掉几层后，就刀枪不入、百病不侵了。到了第二个秋天来临时，他便又盼着新的棉袄发下来。就这么年复一年，周而复始，好在他虽体弱，却极少生病，生病也容易痊愈，否则早就挂了。

就这么个孱弱农民，能靠政府照顾有口饱饭吃就足够了，哪还有住上平顶房的期盼？做梦都不敢想啊！

还别说，人的福气有时真的能够不期而遇，山里人说的是“走狗屎运”。谁也不曾想到，平顶房竟然真的降临到吴老汉的身上了。就在吴老汉年逾古稀之际，当地的精准扶贫工作如火如荼，政府要把分散住在山旮旯里的人家集中搬迁到山下塅里，叫作“移民扶贫”。一时间，山沟里热闹非凡，人们对这个举措都伸着大拇指，交口称赞。塅里一个村庄的边上，辟出了一块农田，在农田上盖起了一幢幢平顶新屋，迎接着山中的乡亲。

不料一件这么好的事情，却也遇到了阻力。首先是野猪窝的家豪叔发牢骚，说住进了新屋，其他都好，却没有熏腊肉的地方了。以前在岭上的老屋里，灶房的火炉上就是熏腊肉的好地方，每年腊月一到，就把自家养的大肥猪宰了，除去走亲访友送出一些，其余都用盐巴腌了，腊月中旬挂在火炉房梁上。火炉里不断火，炉罐煮饭、沏壶烧水，推动钩上一天到晚不得闲。烧的都是晒得焦干的劈柴，被长火细烟熏上半个月，上好的腊肉就成了。过年时开始吃腊肉，喷香喷香的，直吃到来年夏天还吃不完。如今住进新屋，厨房是烧气的，小锅小灶，到哪里熏去？家豪叔于是在新屋边上搭一个棚，在棚里挂起腌肉，生火熏了起来。他这一搞不要紧，却带动了其他移民户，一幢幢新屋边上都搭起了火棚，搞得移民新村乌烟瘴气，不成体统。紧接着是梅窝埂上的华明老脚，他一家人下了山，住进了新屋，可田地都在山里，是搬不动的。过去种田方便得很，就在家门口，现在却要爬十几里山路，空手还很吃力，挑粪运种子就喘不过气来了。更有一桩麻烦事，按规定他山里的老屋必须拆掉，一间都不能留，搞得他上山种田很不方便，带点饭菜想热一下，连个烧火的地方都没有。遇到天阴下雨，还会淋个透湿。问题是像华明老脚这样的人家还不少，搞得一些人怨声载道的不得煞结。

真是想不到，本来一项极好的惠民政策，落实到深山沟里，却出现了与“火”相关的棘手问题。

火本是人类智慧的最大标志，人类与其他动物的区别之一，就是食用烧熟了的东西，懂得点燃篝火驱寒，直到后来发展到用火冶炼，制造工具。传说中，当河南商丘的燧人发明了击石取火、钻木取火之后，东方的祖先们便从茹毛饮血的动物中脱颖而出，向高智能族群迈出了重要一步。“遂明国不识四时昼夜，有火树名遂木，屈盘万顷 。后世有圣人，游日月之外，至于其国，息此树下。有鸟若鸮，吸树则灿然火出。圣人感焉，因用小枝钻火，号燧人。”（《太平御览》卷七十八）燧人又称“燧皇”，蕴含了人们对火的极端尊重，乃至将最先从事农耕的神农氏称作炎帝，以两个火字叠加，可见火在人类发展史上的地位何等之高。恩格斯就说过：“就世界的解放作用而言，摩擦生火还是超过了蒸汽机。因为摩擦生火第一次使得人支配了一种自然力，从而最后与动物界分开。”火于是在人类进化进程中，其功能不断得到挖掘，几乎惠及所有领域。

把火的作用发挥到极致的是诸葛亮。诸葛亮初出茅庐，第一次用兵，就是博望一把火，烧得曹兵弃甲丢盔，望风而逃。此后火烧新野、火烧赤壁、火烧藤甲兵、火烧司马懿父子，可以说，大凡仗打得痛快的，无不是用火用得好的。刘备不听他劝告，执意要破坏孙刘联盟，起兵攻吴，且忘记了诸葛亮的再三嘱咐，被陆逊火烧连营七百里，西蜀国运从此衰落，刘备自己也一命呜呼。

火的功能当然也具有两面性，用得好造福人类，用得不好则贻害无穷。最典型的是春秋时期晋文公重耳，为迫使贤臣介子推受封当官，在绵山周围放火，结果适得其反。随着人类社会的不断开发，地球生态加快恶化，气候变暖，干旱严重，大规模的森林火灾在全球各地不断发生，往往一烧就是数百公里、数万公顷，大片森林化为乌有，生态系统和人民生命财产遭受严重损失，不能不说是人祸导致了天灾，想加快发展却事与愿违。

吴老汉真的死得冤。吴老汉得知自己将要住进新屋，那高兴劲儿就甭提了，整天笼着棉袄袖子，睁大一双浑浊的眼睛，裂开厚厚的嘴唇傻笑。现在不比从前，每年他获得的捐助很多，四季衣服穿不完，再也不要打赤膊出工了，再说现在年岁已高，早就不怎么下地了，基本是吃公家的救济过日子。唯一不如意的就是住房破旧，难挡风雨，一直没有解决。眼看马上就要搬进新房了，这不就完美了吗？扶贫小组的干部可算得是尽心尽力，盖新屋不仅不要吴老汉出一分钱，还从头到尾帮助盖好。房屋盖好后，装修全包，所需家具添置齐全，就连过冬烤火用的踏盆木炭都给他买好了。还手把手地教他如何使用水、电、液化气。可谁想到挂一漏万、百密一疏呢？需要注意的事情都对他说了，唯一没有交代的事，就是炟火要开窗户。因为住在旧房子里，四面透风，恁是火烧得再大，还会有寒意。这就叫“火炟胸前暖，风吹背上寒”。可新屋做得齐齐八丹（整洁漂亮），砖砌墙面，现浇楼板，刮瓷油漆，门窗一关，房间里密眼就缝，一丝风都进不了。搬家的那天，正是寒冬腊月，山里寒气特别重，北风呼啸，哈气成霜。吴老汉送走了众人，宵完夜，就关紧了门窗，搬出踏盆，烧旺了木炭火，然后脱衣上床，美美地睡觉。这一睡，便成了神仙觉——煤气中毒，一命呜呼。

很多天后，我因事去了那个移民新村。村子盖得真好，一幢幢平顶房单门独户，南北面对，整齐排列，形成一条条街道。门前屋后遍植花果树木，冬日暖阳下，除了间或几棵桃、梨、枣等脱叶树外，多数柑橘、柚子、脐橙、桂花、茶花树，仍然枝繁叶茂，郁郁葱葱，把小村装点得生机盎然。新村里多数移民已经入住，但人气并不旺。与其他村庄一样，中青年都是远在他乡打工，家中只剩一些老弱病残，因此室外活动的人并不多，间或有几家的窗户里，传出哗啦啦的搓麻将声，打破山乡的寂寥。吴老汉家的大门紧锁着，门前水泥地场上积了一层草屑灰尘。门框上的那副对联已被风刮破，红纸片在风中簌簌作响，不过隐约还能看出上面的联语，道是：“春秋有幸居新屋，寒暑无忧铭大恩。”联上字迹笔力老到，章法规整，颇具山谷之风，真是一手好书法。

我怔怔地盯着这个新村，发了好一会呆，心里老是想着，这大好的事情，到底要怎样才能办好呢？

离开移民村，车子开出好远了，我还是情不自禁地扭头向后张望，很想再欣赏一下那副对联。

（2019 年 12 月）

面子

酒杯里正在斟酒。酒是白酒，高度的，当地的品牌“山谷泉”，很清澈，很香。斟酒的技术也很高，青花瓷的酒壶，长长的流线型的壶嘴，在斟酒者的手上上下飞舞着，颇有点“凤凰三点头”的味道，斟到杯口处，我分明看到那酒在一滴一滴地滴入酒杯，使得酒杯既满又不溢出，真真叫人叹为观止。

斟酒者一杯接一杯地斟着，我的眼睛便也一杯接一杯地看着，竟然看得出神。那些酒滴在光线的映照下，像极了一颗颗珍珠，一个一个的往酒杯里掉落。我也不知道为什么会产生这么个幻觉，而且那酒滴入杯时清脆细微的声音，进入我的耳朵里时，还时不时地变成了“哐”

的一声，震得人有点发蒙，这声音愈发加深了“珍珠酒滴”的印象，愈发教我确认，这酒硬是有那么贵重。

刚才，就是刚才，我们这些来自男方的“上客”们，被女方亲属迎进客堂，落座之后，准新娘就端来了一盘热气腾腾的修水茶，一人一碗。接到手上，屋子里便响起一片吹汤嗦水的声音。最后一个端到准新郎——我表侄面前时，表侄一手接茶，一手把一捆钞票放到茶盘里，不料那捆钞票太重，准新娘猝不及防，没有端住，茶盘“哐”的一声掉落地上，众人发出一片笑声。

我闻声一看，却笑不出来，因为我看到那捆钞票大得惊人，难怪准新娘会失手掉落。我知道那是压茶盘的礼金，便悄悄问表弟数额多少，表弟伸出两个手指头，“二十万？”我用牙齿使劲咬住拼命往外伸的舌头，瞪大了惊恐的眼睛。

于是那“哐”的一声，便深深地烙在了我的心上。于是，酒桌上新亲家招待我们的每一滴酒，也就变成了贵重的珍珠。可那些“珍珠”喝进嘴里，我总感到已经变味，究竟变成了什么味道，我一时还难以品出，好像五味杂陈，好像苦多于甘。

压茶盘本是幕阜山区的一个风俗，是从前男女相亲的一个最重要的环节。在幕阜山区，称呼青少年男女，也和称呼小孩一样，男的称“崽哩”，女的称“姑哩”。

当媒人跟双方沟通之后，男方崽哩就要在约定的时间，在父亲和媒人的陪同下，到女方家里相亲。因为在此之前，男女双方一般都是素不相识的，整个相亲的成败全在这三杯茶中。第一杯是待客茶，由姑哩端出。实际上这是考验双方眼力和思辨力的关键一刻，就在这递茶接茶的一瞬间，男女双方便要判断是否中意。如姑哩不喜欢崽哩，下一杯茶便由女方的一个女眷端出，男方喝完走路。如姑哩将第二杯茶端了出来，则表明她已相中，就看崽哩了。如崽哩不接茶，说明他不喜欢姑哩，男方的人也是喝完走路。如崽哩接过了茶，则表明他已相中，于是姑哩再端出第三杯茶。男方父亲在接过第三杯茶时，会把一个红包放在茶盘里，作为相亲成功的一个喜庆标志。双方家人和媒人皆大欢喜，开始商谈到男方看门房、吃定庚饭以及婚礼喜酒等诸多事宜。这便是“压茶盘”的本义。那个红包里的钱是不多的，在二十世纪六七十年代，一般在五至十元左右。就是结婚的彩礼也并不太重，一般以实物为主，如男方要给女方做多少件首饰、打多少箱柜家什，等等，女方也要做多少衣被陪嫁。那时流行的说法是：“上等之人赔钱嫁女，中等之人以毛缚毛，下等之人赚钱嫁女。”女方家庭不是十分困难，是不会收太重的礼金的。

我一杯接一杯地喝着这压茶盘的酒，脑子里总是浮现出以前婚礼的情景，品味那时候的古老和纯真。

时代到了新的世纪，“压茶盘”好像赋予了新的含义。当然相亲也不是原来意义上的事儿，几乎每对男女都是谈恋爱谈到了瓜熟蒂落的时候，不少还是姑哩挺着大肚子的时候，再来走这么一个程序。走程序的目的，也成了收付压茶盘的礼金，与“相亲”的本义相去甚远了。那礼金的数量，可说是一路飙升，普遍已高达十到二十万元，甚至更多。这叫一个穷乡僻壤的农民家庭如何承受得起？然而此风一刮，谁也挡不住，谁也输不起这个面子。手头宽裕些的，还想摆摆脸，便往上加码，把茶盘越压越沉。

酒刚斟满，第一个炒菜便端了上来，酒宴宣告开台。

社会的发展真有意思，对于某件事物，有时几百年上千年都一成不变，有时才几十年甚至十几年，就变了个天翻地覆。比如这幕阜山区的酒席，原来一直沿用着在家里办的惯例，当然一切都是主人自己操作，然后请来亲戚邻居帮忙，反正都是族群一大家，都是你帮我我帮你，谁家的红白喜事都是热情似火地主动参与，不请也会自来。酒席摆在大屋堂上，从祖宗牌位前开始，一次十几桌，直摆到耳巷边上，满是家族和睦的氛围。可到了本世纪初，却出现了一种办酒席的专业团队，上门提供服务，你只要准备好食材，然后一切都由他们操办，就连饭桌凳子、瓢盘碗筷等一应吃喝工具，全由他们提供，主人只需付费即可。我有时回乡碰到了，禁不住为市场经济的无孔不入所折服，却也不得不点头称赞，因为这样既保持了传统的摆酒风味，又节省了自家人手，毕竟许多村庄崽姑哩都已外出打工，平时找不到帮手，即便是年节他们回乡，也是做客似的，待不了几天就走，也做不了什么事。这样请一个团队进来，事情就简单多了，无非付钱了事！不想才过了十来年时间，现在的情况又有了变化。山乡的小镇上陡然出现了好几家酒店，牌子挂得响当当，什么“黄龙山迎宾馆”“汨罗江大酒店”，等等。山里人学着城里的样，办喜事都到镇上预订酒席，若是婚宴，还要请来婚庆公司举办婚礼。主人家是省事了，反正钱该死，可那气氛也就变味了，没有了祖传屋宇，见不到神台牌位，就连古色古香的八仙桌，也被转盘圆桌取代，当然更看不到亲戚排行打躬作揖的场景，听不见“东手一席：尊姻翁某某大人……”之类的牵席唱词声，总觉得有种失落感，场面令人陌生。

不过我表侄的这次压茶盘，对方还是把酒席摆在自家屋里，因为客人不多，仅摆了六桌。酒席的吃法也还是沿用了老习惯，斟酒之后上菜，菜是一碗接一碗上的。（古训是上菜要用碗，不能用盘子，用盘子是给叫花子吃的）第一碗是海带，意为结亲牵手，欢乐和谐；然后约有十五六碗荤素轮番端上，都是富有地方特色的风味菜，荤的有炖土鸡、红烧肉、炒肝片、炒腰花、烧肥肠、炖猪肚，等等；素的有鲜时蔬、干竹笋、干豆角、薯粉皮，等等；还有荤素相间、独具特色的大臊子；最后一碗是鱼，说明有吃有余，或叫年年有余。客人吃到此时已经酒醉菜饱了，鱼上来后一般不动筷子，只在主人一声“来来来，请用请用”的客气下，扶起筷子示意一下，点到为止。

不知怎的，我喝着那酒总不是滋味，脑子里总是浮现出那捆沉重的钞票，那压得茶盘“哐”一声的响声，不时在敲击我的心房。我抬眼看看下手桌上的表侄，他倒无忧无虑得很，边吃着菜边与身旁的准新娘调情，真是刚碰着火花的一堆干柴，无时不在旺盛地燃烧。他们似乎还沉浸在昨晚的翻云覆雨之中，黏糊得不像样，两人右手握筷，左手还在桌沿下面抓着戏耍，眼里流溢着满满的暧昧。不过那姑哩长得还真不赖，瓜子脸形，双眼皮大眼镜，高鼻梁，翘嘴角，一笑俩酒窝，人见人爱，难怪会把我表侄倾倒。我再瞧一眼身边的表弟，发现他此时倒有一股子骄傲劲儿，身板笔正，昂首挺胸，眯眼微笑，满脸红光。他不时举起酒杯，应和着新老亲戚的敬意，谦恭地表达着自己的分量。我忽然对他怜悯起来，须知一个靠打工赚点血汗钱的农民，那捆压茶盘的几

十万礼金，早已把他的腰压弯了，他的骄傲、自豪，都不过是自以为不比别人少，争了口气、挣到了面子而已！

面子，这一民族文化的传统观念，几千年了，至今还压得很多人喘不过气来！

如今行走在幕阜山区，竟然发现了一个“新空心屋”现象。

其实“空心屋”这个名称的产生，也不过二三十年的历史。从前的村庄，总是以宗族为单位，选择一处风水宝地，接屋连廒，依偎扩展，随着子孙后代的繁衍，逐步形成祖堂共享、巷陌相通的大屋，坐落于青山绿水之间，世代延续已越数千年，业已成为诸多山水画中不可或缺的一道风景。只是改革开放以后，山里人外出打工的多了，见识广了，思路也新了，他们赚了些钱后，第一个想到的，便是盖一幢新屋，像发达地方那样，单门独户，楼上楼下，还有个平顶——他们认为以前住的坡顶房太土，只有平顶才是洋气的。这样，他们纷纷从老房子里搬迁出来，原来的祖屋被弃置不用，便成了没人居住的“空心屋”。随着时间的推移，“空心屋”年久失修，又慢慢垮塌，变成乡村里大煞风景的一种败笔，以至引起了政府的重视，把它作为新农村建设中维修改造的一项重要工程来抓。

而所谓“新空心屋”，则是新时代农村出现的一种

“个人面子工程”。

源自二十世纪八十年代的改革开放，给偏远山区带来的发展变化，最为集中的是两个方面：一是到沿海去打工赚钱；二是考上大学跳出农门。前者并没有真正离开农村，家仍扎在乡下。后者却成了第一代进城人，从此子子孙孙在城里工作和生活，与农村老家基本上脱离了关系。可是随着年龄的增长，一个新的问题又在他们心里产生，这就是如何保住农村老家那条“根”，确切点说，是如何表明自己在老家的存在。他们总是在想，多少打工的都盖了新房，他们在老家却只有几间旧房，旧房一旦倒塌，就什么都没有了，好像面子上过不去。于是有人便在村子边上购买宅基地，或者干脆就把老房子推倒重建，也盖起一幢新屋。然而新屋盖好后，又一个新的问题随之出现了：谁来居住？他们自己当然很想住在那里，可一般都已届花甲、古稀之年，身体条件不允许在乡下常住；他们的子女因为工作、生活基础都在城里，很不愿意回乡下去，要去也是出于“父命难违”，勉强跟着回去住几天，便又匆忙逃离。所以，一幢幢新屋便长期处于无人居住的状态，成了新的空心屋。

酒席仍在进行，酒桌上气氛正浓，人们的神经被酒一点燃，话便也多了起来，声音也一个比一个高。我发现往往这种时候，话题总是缠绕在“面子”二字上，从互问情况到互相感叹，再到互相吹捧，看似谦虚礼让，实则暗中较劲，并且说着说着就进入了喝酒的状态，一些要面子的男人来回敬酒，争比酒量，祖堂上开始闹哄哄起来。我的思绪此刻也有些乱，从“空心屋”又回到了酒席上。

现如今山乡里喝酒的机会还真不少，我每次回乡省亲，总会遇到有亲邻们操办请客摆酒。盖了新房的，要请“过屋酒”；子女结婚的，除去压茶盘酒，男方要请“定庚酒”“婚庆酒”，女方要请“起嫁圆”；孩子考上了大学的，即便是个大专中专，也要请“升学酒”；生了小孩的，要请“三朝酒”“弥月酒”“周岁酒”；老人过整岁的，从五十开始，就要每十年请一回“长寿酒”；等等等等，不一而足。当然，凡受请者必要随礼，请酒的总要先下请柬，到了吃酒之时，就会专设一间“礼房”，安排专人收礼，还要登记造册，以备“还礼”之需。

活着的人有如此多的面子要争，对待死人就更讲究了。现在死了人，做醮做道场已成常态，不仅无人制止，而且不搞不行，若有哪个父母死了不做十几张字的道场，那就要遭到众人的唾弃，口水会把他淹死。这种面子因为有个“孝”字撑腰，更是肆无忌惮，竟已发展到互相攀比建坟造墓的规模之上，比谁家的坟墓造得大造得气派。后来这比法又从死人扩展到活人，一些家境好的还

要提前修建墓地，山里人叫“生茔”，也就是为死后的自己修座阔坟。于是就不断攀比，把生茔造得上规模上档次，坟身宽阔，坟头高大，雕龙画凤，绘虎刻狮。坟前拜坪像个操场，有的还建了焚香炉、避雨亭；坟后是高耸的罗圈，罗圈中间是“望山碑”，用青石板刻上墓志铭。我真是孤陋寡闻，至今不知道这望山碑是何时发明、有何讲究的。遍查古今各类陵墓，凡碑均在前面，没有立在后面的。墓志铭是古代人们将墓主人的基本情况刻在石块上，与棺材一起埋进坟墓的，现在这样摆设在外，变得不伦不类了。细看铭文，才知已演化成了歌功颂德的辞赋，都是对墓主人的溢美，这样一来，那坟墓就不仅是在表现华贵、彰显经济实力，而且还是在炫耀文采、彰显墓主功绩。这样的“生茔”，已经变成了一种从形式到内容的张扬，而这种张扬一经攀比，就不要说什么美的或好的东西，而是成了青山绿水间越来越多的疤痕，教人不忍直视。

面对“面子”万象，人们众说纷纭，莫衷一是，有学者把这归纳于面子文化之中，当然有其道理。古往今来，虽说有些面子是要的，是非讲不可的，但多数都是虚荣心作怪，得不偿失，因了面子而自讨苦吃，甚或害己害人。爱面子或讲面子再往前一步，便是“摆脸”了。翻开历史，发现摆脸的事儿还真不少。《笑林广记》中的“引避”，说的就是“有势利者，每出逢冠盖，必引避。同行者问其故，答曰：‘舍亲’”。果真是比阿Q还阿Q。民间此等摆脸者不少，而官场就更厉害了。廉颇老将三拦蔺相如，要“羞辱于他”，差点因面子误国；寇准庆寿摆脸，极尽奢华，导致乳母刘妈妈展画罢宴；翼王石达开为小儿子庆贺“三朝”，竟在抢渡大渡河的危急关头大摆宴席，以致错过时机，导致全军覆没。摆脸摆到极致的，恐怕要数慈禧太后了。为了筹备庆贺她的六十岁生日庆典，竟敢挪用巨额海军经费修颐和园，甲午战争爆发以后，户部奏请暂停颐和园工程，节省开支移作军费，慈禧太后大怒：“如果连我的生日都办寒碜了，不但我的面子，朝廷的面子也没地方搁！又怎么体现我中国河清海晏、国泰民安？”孰料这一摆，不仅面子给摆丢了，还给泱泱中华蒙上了耻辱。

每每联想到这些，心里总有种揪心的情结，难分难解。其实当今何止幕阜山区，面子的负面现象在华夏大地何处没有？近期听说有地方政府进行干预，如结婚礼金不得超过多少，违者受罚；有的地方开始强势推行殡葬改革，死者一律火化，骨灰统一安放在集体墓地。更有奇技淫巧者，以谋略制之，说有一男，问准丈母娘要多少礼金，答曰十万元，男子慷慨应允，说给二十万，不过要分期付款，首付两万。丈母娘闻之大喜，急忙答应。

婚后男子忠实履约，每月付五千，致使家庭经济十分紧张，妻子被逼无奈，跑到娘家向母亲诉苦，不仅分期付款一笔勾销，还把首付悉数退还。我想这个家伙肯定是金融学专业辅修心理学的优才生，要不怎么会如此精打细算呢？

压茶盘因是幕阜山区结婚程序中的第一个环节，所以相对简单些，吃完酒宴就结束了。我随了“上客”队伍，走出新亲戚的家门，不禁呼出一口粗气，有点如释重负的感觉。抬头看天，天上没有一丝云彩，正是初夏时节，炙热的太阳直射下来，晒得脸上火辣辣的。

（2019 年 10 月）

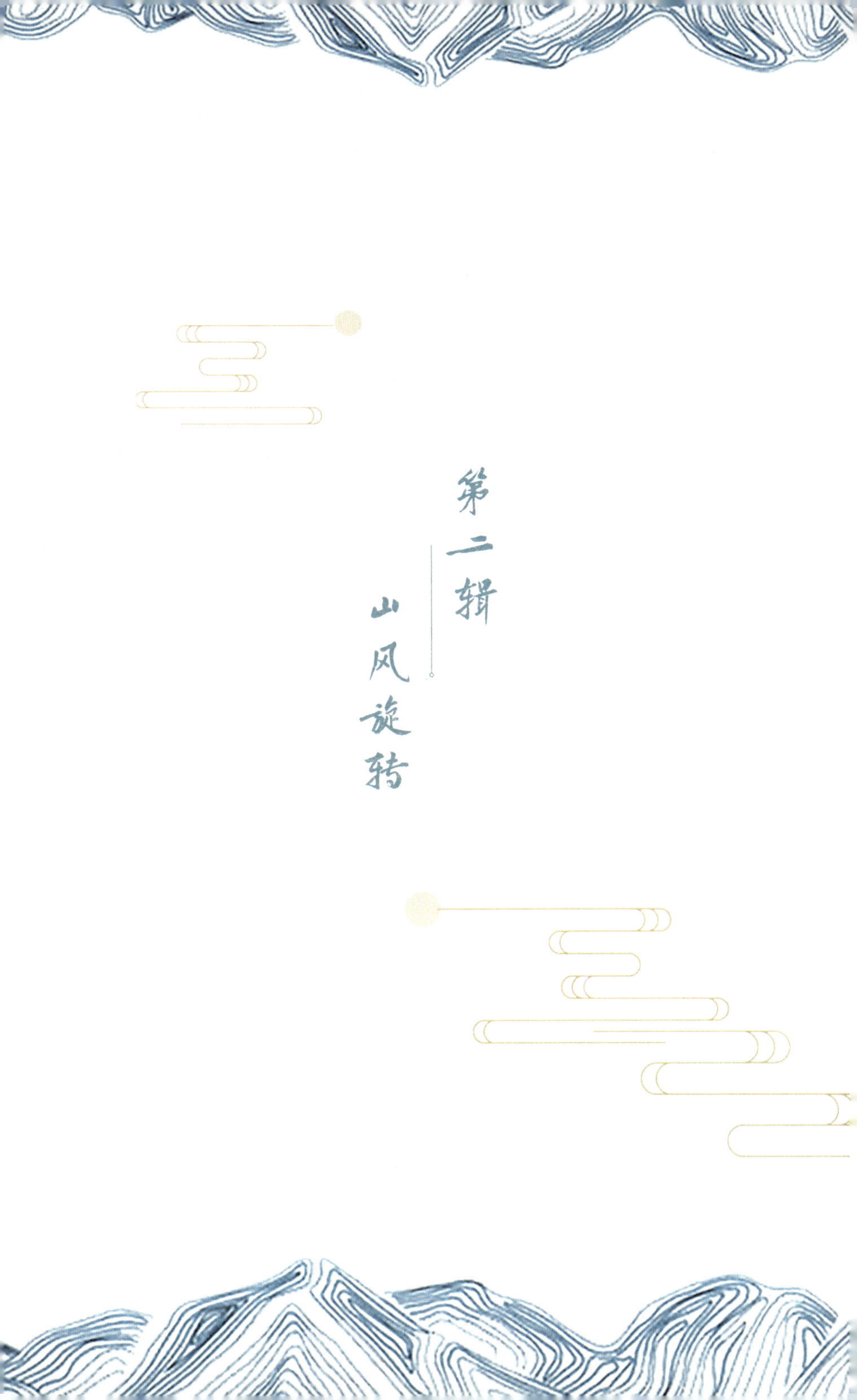

第二辑

山风旋转

牌风

如今的山乡，除了春节期间，平时确实很宁静。穿村过寨，田野里鲜见农人——现在每年只种一季，且耕田打谷都有机械，除草灭虫都是药剂，农民都是半年辛苦半年闲了；村头巷尾鲜有孩童——生的越来越少，有的随打工父母去了远方，剩下的是少数留守儿童。山乡里真的成了妇女老人们的天下，而他们的生活里，充斥的几乎就是一件事：打牌。

打牌之于乡人，已成生活中的“不可或缺”！三四个人凑到一起，立刻就是一桌麻将或纸牌。就连我这样不常回家的游子回来了，亲朋好友来看看陪陪，几分钟不到，便又坐到了牌桌上。名为陪我，实则成了我陪他们打牌，而且往往一打就是半日甚或一个整天。我在旁边尴尬地看着，他们为了不使我冷落，也会边打边和我拉几句家常，但此时他们的身心已经全投入到了牌桌上，和我说话总是有一搭没一搭的，前言不搭后语，实际上成了一种负担。我自是觉得索然无味，勉强站上几分钟，便也借个故，逃之夭夭。

我于是对那些因打牌误事的传说深信不疑，比如耽误了做饭、耽误了农事、耽误了赶车，甚或耽误了救火、耽误了接送上幼儿园的孩子，等等，这都极有可能。有一个真实的事件，说是一个母亲因迷恋麻将，听到自己五六岁的小孩失足落水，别的小孩三番五次呼救，她都置若罔闻，结果造成惨剧。原来这牌桌上的粘力如此强大，委实令人费解。

山乡人打牌，有三种工具，即麻将、扑克和“上大人”。

麻将的打法全国各地大同小异，都是“修长城”式，以组合“和牌”决输赢；扑克一般打的是斗地主和二七王；“上大人”又称“纸牌”，由“上大人，孔乙己，化三千，七十士，尔小生，八九子，佳作仁，可知礼”二十四个字构成，每字四张，整副纸牌共96张，所以又叫“九十六”，按八组排列，亦以“和牌”定输赢。

究其根源，我们祖宗发明这三种工具的初衷，均属娱乐消遣。麻将的起源虽有多种传说，如起源于麻雀牌、叶子格戏、马吊牌和郑和下西洋等。相比之下，我还是倾向于“郑和下西洋起源说”。想想在那看不到尽头的海上漂流的日子里，人们的生活是何等枯燥乏味、百无聊赖，而且还时不时地要搏风击浪，与死神抗争，时间长了，日子怎么打发？于是官兵中忧郁致病的有之，自杀的有之，打架甚至杀人的有之，趁船队靠岸时想逃跑的亦有之。郑和心里一定清楚得很，此时靠命令、惩罚等“堵”的办法是行不通的，只有发明一些消磨时间、调动兴趣的玩意儿，才能拢住大伙儿的心，使之打起精神，提高斗志，保障航海之旅一路顺风。于是，郑和以纸牌、牙牌、牌九等为基础，以100多块小木片为牌子，以舰队编制、船上火炮、奖励数额等为序，分别刻了1-9个“条、筒、万”；以航海最需注重掌握的风向为名，刻了“东、西、南、北”四风；以一年四季为名，刻了“春、夏、秋、冬”四块花牌；以赢者得中、获奖发财、输者空白之意刻了“中、发、白”。制成之后，发给各船官兵玩耍。这样，初期的麻将便应运而生了。扑克的产生也有异曲同工之妙。不论是韩信为了缓解士兵的思乡之愁而发明了纸牌游戏，还是荷兰人把纸牌带到海上供船员们消遣；也不论是用于正规竞赛的桥牌，还是斗牛、扎金花、推锅、牌九、三公、斗地主、跑胡子、六胡抢、比大小、拖拉机、德州扑克等听得头昏的许多种技巧，都属于文化娱乐的范畴。

至于“上大人”，则更有一种启蒙教化的功能包含其中。它最早起源于湘鄂渝一带，是土家人用来教育孩童的识字课本。24个字96张牌，其实就是在讲述大圣人孔夫子的教育佳话。孔夫子是读书人的“上大人”；他姓孔，在兄弟中排行第二，也就是甲乙的“乙”，也许他的生辰八字中含有“己”字，这样就构成了“孔乙己”；孔夫子教化了三千名好学生，其中有七十个学问最好的人，可不就是“化三千，七十士”么？而七十个好学生中，还有八九个像曾子、子路那样的亚圣人，这就叫“尔小生，八九子”；他要他的学生都做好人，遵循仁义礼智信的规矩，这就是“佳作仁，可知礼”。发明者将这二十四字写在纸牌上供人娱乐，使人们感悟到其中的人文情趣和义理教化，而中华民族的传统文化精神，也就在这样的寓教于乐中，平淡自然地得到了广泛传承。

由此看来，这三种工具确实都是娱乐身心的玩物，本无可厚非。在以前的年代里，在人们的生活中，也好像并没有怎么凸显过。从文学艺术作品中，见过民国时期的官太太、富太太们打麻将，就是电影《色戒》中的那种，几个闲得无聊又富得流油的女眷们，在又好玩又能勾起赢钱欲望的刺激中，消磨着无尽的时光。但那也仅是在很小的群体中进行，广大人民群众是无缘消受的。新中国成立后，麻将也归入了黄赌毒之类，被扫进了历史垃圾堆，直到二十世纪八十年代之前还不见露面，我的记忆中，青少年时代还从没见到过麻将实物。扑克倒是非常普及，在过去的农村，孩童们每每放下书包，或是放好牛羊，便拣个角落，或大门边上，或老樟树下，只要有块石头，几个小毛头就席地而坐，展开角逐——须知他们是没有桌凳之份的，往往一副扑克也从崭新的打起，直打到破旧不堪还不肯释手。尽管如此，他们还是乐此不疲，与小姑娘跳皮筋、跳房子一样，愉快地度过一段属于他们的无忧时光。遇上雨雪天，一些年轻人也会凑在一起玩上两把，不过玩的人并不多，他们多数时间还是在忙着打草鞋、修犁耙等，为晴好天气下地干活做着充足准备。那时扑克的打法也很简单，无非是接龙、争上游、升级等两三种，后来才不断发展到拖拉机、斗地主、二七王等，单纯游戏也逐渐从钻桌子、贴纸条演变成了赌博性的博弈。

从前听到“穷有穷的忧愁，富有富的烦恼”的说法，总是不屑一顾，心想没饭吃没钱花才是烦恼，富有了，乐都乐不过来，有何烦恼？现在看来，那说法未必没有道理。如今的山乡，与三四十年前相比，可不真是富了么？打工有钱赚，种田不驮嗨（即不辛苦），不愁衣食住，

就愁冇处戏。以前文化活动单调，却有个盼头。放场电影像过节，爬山越岭几十里也要去看，一个片子反复看也不厌；有场花鼓戏、宁河戏，更是稀罕不已，就是“文化大革命”中的样板戏，也看得津津有味；到了年关，便都盼着戏花灯，那锣鼓一响，鞭炮一鸣，全村人立马围在地场上，有些年轻人还嘴上叼着烟，肩上坐着细伢仔，跟着跑几个村庄。就连平时听讲古、打剁嘴、拖禾桶打呜呼，也都屁股夹得线断，劲道懵大。可现在的文化生活，说丰富的确是丰富，一台电视机，把影视、戏曲、音乐、综艺、新闻，等等等等，恁是什么明星、大咖、高档的、前卫的，统统一网打尽，再想回到从前玩的看的，就没有兴趣了。可年复一年、日复一日的看电视，又把人们看得腻歪了，年轻人又把兴趣转到手机上去了，于是，那些无聊的中老年人便转向了麻将扑克，带着钞票，带着赢钱的欲望，一头扎进了牌桌。

我真的惊讶于牌桌的巨大魅力。记得有一年央视名嘴白岩松损了一下成都，说在飞机上听到“哗哗”的麻将声，就知道成都到了，于是，成都人打麻将出了名。现在看来，成都只是比山乡有名罢了。走到山乡，可以说，凡有人群的地方必有牌局！人不分男女，时不分昼夜，季不论夏冬，钱不论多少，打牌简直成了一种职业、一个嗜好、一身重瘾，不可遏止，不可收拾。有时，我也好奇地问他们，这牌桌怎么如此有吸引力？他们说，不打牌你叫我们干什么呢？想想也是，现如今农村人闲得发慌，很多人几乎一年到头不需要也不愿意下地劳动，就连蔬菜也不种了，宁愿花钱去买那些大棚种植的用农药化肥催生出的菜吃。以前的炊烟早不见了，烧火做饭从砍柴到烧煤再到用天然气，与城里一样，需用的劳力就是拧一下开关。就是有些人意识到动少静多，身体健康开始受到威胁，便也学习城里人，早起跑步，晚跳广场舞，那也是一两个钟头的事，大量的时间还是要消耗在牌桌上。加上如今都不差钱，赢了心里高兴，输了也不很心疼，这吸引力倒是慢慢在增强，打牌的劲儿不断地在增大。

这一道牌桌风景，从二十世纪末以来，恐怕已经遍及全国各地，风行所有乡村。无论走到哪里，最常见、最普遍的休闲活动，就是打牌，好像除了打牌，就无事可做、无处可去似的。任何事物，一旦成了风，且范围广、时间长，为大多数人所接受，就会成为一种风俗，流传深远。对中国的牌风，不好做出评论。说不好吗，虽然多数具有赌博性质，但总体上还是以娱乐为主的，有钱的多打，没钱的少打。人群主要是中老年人，很多地方的老年人活动场所、乡村和社区文化活动中心等，都配备了数量可观的场地和牌桌，为中老年人提供打牌的条件，可见这种活动也已为有关部门所认同。说好吗，这牌风一起，经久不衰，却又引起了很多人的担忧。牌风盛行，使一些牌瘾重的人夜以继日，废寝忘食，久而久之，各种疾病便找上门来，逐渐形成了一种“麻将综合征”，于身体很有害处。还有一些不良分子，见机打起了歪主意，设置赌局，赚老年人的钱。他们走村串乡，穿插于牌桌之间，先以小利引诱老年人上钩，然后把赌注逐步加大，利用老人们眼花手慢的特点，使出手段，像抽水机一样吸干老人们的钱财。他们赚了打牌人的还不够，还要引诱旁观者，搞一种叫“滴麻油”“押砣子”的把戏，也就是看的人在旁边押赌注，打牌人输了，他们便也跟着输钱。村人说，现在山乡有一个怪圈：年轻人在外打工赚几个苦钱，一片孝心寄给父母；父母节衣缩食舍不得花，却在牌桌上大把大把地挥霍，都被那些流氓浪子赢了过去；手中没钱了，还是靠打工的子女寄来血汗钱。这样周而复始，不知何日是尽头。

这不能不使人困惑。人们总是习惯性地把牌风归罪于赌博，可又怎一个“赌”字了得？从有记载的人类历史开始，赌博就已经是一种极为盛行的娱乐活动。战国时期就出现了掷骰子游戏；从永动机演变而来的轮盘赌，经过上百年的不断完善，现在已经是全球最热门的赌博游戏；如今赌城几乎遍及全球，著名的如美国的拉斯维加斯、中国的澳门、南非的太阳城、摩洛哥的蒙地卡罗等，不说妇孺皆知，绝对是家喻户晓。几千年来，赌博以其独特的方式影响并改变着人类的命运，它启发数学家创造了概率理论；它给文学家提供了创作题材；它甚至告诉哲学家一个命题：人生就是一场赌博，世界是一个大牌局，整个人类都遵循着一种同样的游戏规则。赌博最早只是人类纯粹的游戏消遣，只有当它与功利意识合流的时候，才成了人与人之间的博弈行为。当人类的功利意识开始萌动的时候，赌博也就应运而生。它是人类深层精神活动的体现，更是一种竞争，一种对自我判断的比赛，一种人性弱点的膨胀。若从深层次思考赌博，我们又该如何看待当今风靡全国的牌风呢？

我不由得把思绪倒回到千年之前，然后在历史的长河里找寻太平盛世的乡村景象，看除了打牌赌钱，还有哪些不同？

先看三千年前的周朝吧。《诗经 · 七月》中，有“春日载阳，有鸣仓庚。女执懿筐，遵彼微行，爰求柔桑。春日迟迟，采蘩祁祁”的记述，那种悠然农桑、尽享劳动之趣的情景历历在目。而东晋的陶渊明，宁愿弃官不做，过着“采菊东篱下，悠然见南山”“晨兴理荒秽，带月荷锄归”的田园生活，与农人“过门更相邀，有酒共酌之”的日子，不是很惬意么？

在初唐王维的《渭川田家》中，乡村画面是这样的："斜光照墟落，穷巷牛羊归。野老念牧童，倚杖候荆扉。雉雊麦苗秀，蚕眠桑叶稀。田夫荷锄至，相见语依依。即此羡闲逸，怅然吟'式微'。"你看，斜阳下，牧童、老者、妇女，以及农夫扛着锄头在一起闲谈，情景刻画细致入微。在王驾的《社日》中，"鹅湖山下稻粱肥，豚栅鸡栖半掩扉。桑柘影斜春社散，家家扶得醉人归。"描述太平盛世的乡村社日，俨然有"小康社会"的景象。宋朝翁卷的《乡村四月》，以白描手法展示了一幅江南农村初夏时节的景象："绿遍山原白满州，子规声里雨如烟。乡村四月闲人少，才了蚕桑又插田。"从景和人的对应中，交织出一幅色彩鲜明的图画。宋朝人的茶余饭后不愁没有休闲，斗蟋蟀、捶丸、商谜、马球、相扑在宋朝都很流行。当然最有名的全民运动当属蹴鞠，"宝马嘶风车击毂，东市斗鸡西市鞠"，是城里人的场面；而"乡村年少那知此，处处喧呼蹴鞠场"，则描画出了农村少年对蹴鞠的热情。就是元朝，盛世景象的展现，也屡屡见于时人散曲，明朝人贾仲明对此称道不已："元贞年里，升平乐章歌汝曹。喜丰登雨顺风调。茶坊中嗑、勾肆里嘲：明明德，道泰歌谣。" 杜仁杰的一首散曲《耍孩儿》，曲中真实描述一个庄稼汉看戏的情形，开篇就写道："风调雨顺民安乐，都不似俺庄家快活。桑蚕五谷十分收，官司无甚差科。”曲中的庄稼汉口袋里有了钱，不但“来到城中买些纸火”，而且还要去看戏，看到精彩处“大笑呵呵”，谁知人有三急，到后来“则被一泡尿，爆的我没奈何”，但是戏很精彩，舍不得离开，于是“刚捱刚忍更待看些儿个，枉被这驴颓笑杀我”。真是惟妙惟肖，令人忍俊不禁。

考察史上各个太平盛世的民众生活，我竟然没有发现一个打牌赌博成风的记述，而骚人墨客们描写得最多的，是文化的多样性，尤以曲艺、山歌、地方小戏、民间体育、民间艺术等文体活动为甚。这些活动的形成，最初自然是人们在劳动中自发的表达，可长此以往，必有教化蕴含其中。不论是国家层面，还是地方层面，离开了当政者的倡导、鼓励、组织、推动，良好的民风民俗是难以形成的。这就给了我们极大的启发：休闲娱乐是人类精神生活中不可或缺的需求，什么东西适合他们的胃口，他们就玩什么。文化花样多，活动丰富，他们就会各取所需，各尽所能。久而久之，不仅能培育出优秀的风尚，还能涌现出杰出人才，产生各具特色的地方风俗，进而形成丰富多彩、博大精深的中华优秀传统文化。反之，文化生活单调枯燥，无事可乐，无处可玩，牌桌自然就成了他们的不二选择。这样看来，牌风的兴衰，反映了一个不可小觑的社会现象，提出了一个复杂的社会问题，不能不引发深刻的社会思考，不能不引起各个层面的高度关注。

据说夏禹的属下仪狄发明酒后，“帝女令仪狄作酒而美，进之禹，禹饮而甘之，曰：‘后世必有饮酒而亡国者’。”我就想，大禹喝酒的时候，既然感觉“味道好极了”，为什么又做出那么可怕的预言呢？可见一样东西问世，其本身并无好坏之分，关键要看怎么使用。孙思邈发明了火药，用得好时成了夜空绽放的美景；用得不好就成了杀人武器。德国科学家奥托哈恩发现了核裂变现象，后人用于建造核电站、核动力舰船等，就有益于人类；而用于制造核武器，就是人类的灾星。饮酒恰到好处，就是消愁解忧、提神醒脑的美味佳肴，还能舒筋活络、强身健体；如若过量，就会伤身害体，因酒误事，严重的可不就是亡国丧邦么？由此可见，麻将也好，纸牌也罢，本身于人并无害处，只是与一“贪”字结合，才会有伤风化，贻害社会。善良的人们，总是期望有一种力量，能够遏制人的贪欲，净化人的心灵，让社会变得纯净，让世界变得美好！

我从电脑里抽身出来，耳边厢却又传来了“哗哗哗”的麻将声。

（2018年3月）

买码

（一）

乡村的夜晚，总是充满了神秘。黑黝黝的山峦像是一群凶狠的虎狼，咆哮着四面奔来。田野里的稻子早已割完，只剩下被扎了颈的稻秆把，一个个站立着，连成一片，夜幕下活像成群结队的小人们在聚会，越看越吓人。远处山根下，不时有磷火闪现，那东西是活动的，星星点点，时少时多，往来游弋，真像传闻的“阵火鬼”，教人捉摸不定，惊恐顿生。

夜晚乡村的热闹，可能都集中在火柴盒一样的一幢幢屋子里。在汨水河边的西岭下，就有这么一间：屋子里坐满了人，男女老少俱全，有几支烟枪起劲地吞吐，弄得满屋子乌烟瘴气，不时传出女人或孩子的咳嗽声。屋子中央是一张四方桌，桌边围坐着几个年长者，或是公认为有见识的高人。他们的核心人物，便是主要高人，外号叫“千毛”的。千毛面前翻开着一个笔记本，胸前挂着一个大包。人们一阵议论之后，都把钱递给他，他一边将钱放进包里，一边在本子上登记造册，每个名字后边，写有“牛、马、鸡、狗”之类的字和几个阿拉伯数字。登记完后，主人家的女客要做点宵夜给他吃，千毛咧开嘴，小眼睛眯成一条缝，脑袋摇得像拨浪鼓，连说：“嗨呀，我肚里胯饱咯，末虱哩都进不去一只了！”末虱哩是乡间一种极小的飞虫，夏秋特多，比蚊子还小——说明他的确吃不下东西了。

这是发生在二十世纪末、二十一世纪初的场景，在幕阜山下几乎随处可见。

这就是曾经震惊幕阜山麓周边数省的一种地下活动，民间称为“买码”。

翌日夜里，也是同一群人，聚集在同一个屋子里。与头晚不同，头晚是下注，先有群情激奋的讨论争吵，再确定买什么；后晚则是等候出码，即等候命运的降临。这个晚上，他们不吵不闹，沉默寡言，偶有事情询问，也是一句起两句止，不加一个闲字。从天搭黑到晚九点

半前，人们就这样紧张肃穆地坐着，不停地抽烟喝茶。主人家的女客端着茶盘，扭动着圆滚的屁股，进进出出忙不迭地泡茶。冒着热气的芝麻菊花茶一盘一盘端出来，人们一碗接一碗地喝。茶端到手上，与燃烧的香烟合到一起，吸一口烟，紧接着吹开飘在茶碗上面的芝麻菊花，冒着烫嘴的热水吸溜一口，形成了一种固有程式，屋子里便听到一片吹茶吸水声，空气里便也混杂着烟的熏味、茶的香味，以及人们身上散发出的汗臭味。奇怪的是这些人喝那么多的茶，竟没有几个起身拉尿的，可见山里人的肾功能特强。

山乡里这种场面平时也有，比如年节期间，比如雨雪天气，人们总是喜欢聚到哪个人家，喝茶抽烟打烂哇哩（瞎聊天），经常一聚一昼，抑或一夜。可平日的氛围好，纯是玩乐，气氛友好和谐。眼下这个就不同了，形式一样，内容变了，少了闲适，少了轻松；多了焦虑，多了贪欲。一如满屋子的烟雾，把人们的心情也带进了迷茫。

只有千毛不同，他总是如坐针毡，过一会儿就要爬起来，跑到主人家的沙发边，看着茶几上的电话。那台蓝色的电话却像安睡的娃儿，任是吵闹喧嚣，没有任何反应。到了九点半，电话铃声骤然响起，人们犹如听到至高无上的命令，立刻放下茶碗，停止吸烟，眼睛瞪得牛卵子似的，齐刷刷地盯着那个“娃儿”。千毛一个箭步冲向电话，迅速翻开本子，边听边记。人们又像等候宣判似的，等候着电话里传来的结果。听完后，屋子里立刻像爆了锅，有买中了码，欢喜雀跃的；有没买中，沮丧不已的；有两个下了大注却失了手的，则大叫一声，一下子瘫在地上，背过了气。

那时我探亲回到故乡幕阜山区，每回都会听到类似的故事，当然都是些投注太大输得精光的悲剧故事。说实话，有那么一段岁月，我害怕回到故乡。那是什么岁月？那是山里人疯狂的岁月，是令人琢磨不透的岁月。回去后的所见所闻，是那么不可思议，是那么触目惊心。我童年时代那个静谧安康、井然有序的山乡不见了，代之而起的是一片乱象。几乎是一夜之间，那些年轻力壮的男女都跑出了山区，南下沿海打工去了，带回来的既有永远也不够花的金钱，更有令人瞠目结舌的恶习。有一次街口上发生一起斗殴，为首的那个后生竟然是个通缉犯，据说他参与了抢劫深圳的一家银行，其他犯罪嫌疑人都被抓获了，唯有他逃脱，竟然在家乡躲过了抓捕，还在打架斗殴、为所欲为，这是不是有些匪夷所思？问题还不止于此，重点是山里人对他的态度，不仅没有人到公安局报案，也不仅对他不气愤不畏惧，反而对他无比敬佩，说起他来都是“啧啧”称赞，称赞他“十分厉害”，抢了银行都能跑脱，真了不起。说者还摇头晃脑，大拇指当蒲扇打，这听起来就不能不令人咂舌了。西边村的细伢仔，我知道他是个不务正业、游手好闲的角色，可有一年被他捡到了漏，贩卖当地种植的一种药材赚了大钱，在广州搞得风风火火。回到山乡，野鸡变成了凤凰，他成为大富豪受到最高奉承，人们奔走相告，夸赞不已，就连本乡在军队里的将军都不如他受尊敬。细伢仔也不含糊，回到家乡就一头扎进了赌桌，偏偏他又是个背时鬼，每天成千上万地输钱，输光以后无钱起本，加上他所贩卖的药材市场又迅即下挫，从此再也翻不起身来。山乡“第一富豪”成了一出闹剧，折腾了一阵悄悄收场。这真叫“乱哄哄你方唱罢我登场”，山乡里搞得乌烟瘴气也就不足为奇了。

那些年，农村人都不种地了，无论米面菜蔬、油盐酱醋，统统靠买，那么人们干什么去了呢？绝大多数都坐到了赌桌上。打牌打麻将几乎全民普及，男女老少齐上阵，无论走亲戚串门，还是过年过节，走到哪里都是一桌麻将，满了四个人就开打，打得夜以继日，打得天昏地暗。一些不良青年趁乱胡为，干起了偷盗、抢劫、吸毒、斗殴的违法勾当。山乡的美丽景色也被破坏殆尽，大片农田荒芜，大量良田被房屋占据。村庄建设没有规划，原来那些依山傍水、秀丽迷人的村落，不断地空置破败，代之而起的是一幢幢火柴盒子般的小屋，建得拥挤俗气、杂乱无章。反正打工仔打工妹寄回了钱，谁都是先考虑盖一栋新房，哪怕不需要居住，也要摆摆脸。而只要有钱，管他什么良田，管他怎么盖屋，谁都能买到地基。眼看着好端端的一片田园风光，就这样被一些不肖子孙折腾得面目全非，不堪入目。

买码之风，此时正起于青萍之末，后渐渐刮遍山村乡野，再后来就是来势汹汹，不可遏止。

（二）

我费解于买码的魔力，费解于码民的贪欲，何以一下子到了如此疯狂的程度？

所谓买码，其实就是香港澳门地区“六合彩”的变异。他们沿用了六合彩的正规玩法，比如每周二、四、六开盘，“码民”们叫出码；开盘时间是九点半，都以香港翡翠电视台公布的结果为准；每次通过摇号摇出七个数字，也成为买码的中码数字。而最大的不同，是在中奖概率和中奖利率上，正规六合彩中奖概率低，中奖利率也很小，只有中了高等级奖，才因滚动利率高而获利巨大，但这样的概率微乎其微。而买码却不同，买码的中奖率较高，获利率也高，极具诱惑力。在四十九个数字中，必有一个中奖的“特码”，一旦中了，则能获得四十倍的利率。加上玩家添加了很多“捉码”的套路，比如把十二生肖引入，以当年的属相开头，依次排列，得出头一个属相五个数字，其余十一个属相各四个数字，买家可按生肖买码，一次买一只生肖就是四至五个号码，或买二三只生肖，以提高中码概率。又如，把四十九个数字分为三波，称为红波、绿波、蓝波，可一次买一波。再就是按单、双数购买，一次买二十四或二十五个。不管怎么买，庄家一般总会赚钱，买家总是输的多、赢的少，特别是买波买单、双号码的，一次输了，要想赚回来就得翻倍购买，如此步步深入，直至输光老本甚至四处举债最终家破人亡。

据说佛祖释迦牟尼苦修六年，在菩提树下，睹明星悟道，悟道后说的第一句话，就是：“奇哉奇哉，一切众生皆有如来德相，只因妄想执着，不能证得。若离妄想，则无师智、自然智，一切显现。”这里所说的“妄想执着”，我以为就是人类的贪欲之念。贪欲是潜在的，人人心中皆有，就是不能激活，一旦激活了，就不可遏止。帝辛贪图花天酒地，竟至王宫内造起酒池肉林，腐化堕落无以复加，结果导致商亡。嬴政贪图长生不老，四出寻医问药，只要听说是延年益寿的，就命人搞来吃喝，如此折腾，却只活了四十九岁，便一命呜呼。想当今那些贪官污吏，都是贪得无厌，欲壑难填，不管该得不该得，能拿不能拿，都要据为己有，竟至豪宅数以百计，情妇佳丽成群，金银珠宝堆积如山，现金钞票不计其数。他们在贪腐的道路上，已经被物欲勾引得晕头转向，步步走向罪恶的深渊。从心态上看，买码可说是与此类人大同小异。多数码民都是被利率的诱惑牵着鼻子走，亏了就想扳本，加倍投注；赚了又嫌赚得太少，还想多赚。所以，贪欲之念不除，人就不能解脱，不论处在什么位置，不论是权贵阶层，还是平民百姓，都会活得不耐烦。只有远离妄想，不受诱惑，方能满足于即得，不强求于未得，更不妄想于不能得。像颜回那样，尽管“一箪食，一瓢饮，在陋巷”，别人不堪其忧，他却照样轻松快乐。

买码成风的那些年里，人们对出码的渴盼，已经变成了一种虔诚的迷信，十二个生肖属相成了顶礼膜拜的神灵。广为传播的是中央电视台的一档动画片《天线宝宝》，本是放给小朋友看的，不知从哪里传来消息，说在这档节目里，隐含了一个暗号，里面的机器人会无意说出一个生肖，当晚的特码必定就是这个生肖中的一个号码。人们只要听到配音演员说：“小朋友们，快来看啦，今天这只狗狗多可爱呀！”如果当年是狗年，人们就疯买属于狗的生肖的 1、13、25、37、49 五个号码；如果配音演员说的不是狗而是狗后面的猪，说“小猪猪又偷懒了”，那么属于猪的2、14、26、38四个数字就成了抢手货了。一下子，《天线宝宝》成了山里人狂热收看的节目，收视率绝对领先。有一次我到一个亲戚家里做客，晚饭后看电视，电视里正在播放《天线宝宝》，还在厨房里忙活的主妇大叫丈夫：“你叫她等一下，等我洗完碗再播！”话音一落，引得哄堂大笑。我有时也问，实际上《天线宝宝》说的是不是很准？他们也会说准的少，不准的多，而且很多节目里配音演员说的不是十二生肖动物，比如说燕子，说海豚，等等，就不以为据了。然而，他们还是愿意忘记不准的，牢记准的。我想什么叫作昏了头脑？恐怕这个现象就是一例。

问题还不止于此，后来人们发现《天线宝宝》确实不可太信，毕竟是逗小孩的，于是又把注意力转向了自我感觉。有人关注做梦，头晚梦见了哪个生肖，第二天就买那个生肖的号码；甚至梦见了哪个人，也要问出其生辰八字属相，购买其所属的数字。邻家嫂子有一次梦见村里贵生抱着三岁的儿子在玩，就买了贵生属相的生肖数字，结果扑空了，后来发现出的特码竟然是他儿子的生肖数字，后悔得“嗨呀嗨呀”的，以后逢人便说自己脑子不开窍，“明明梦里神仙告诉我了，我就是顽劣，领会不了”！有一回我到五哥家探亲，与人聊天时说出了牛的话题，说者无意，听者有心，在场的有人当晚就买了牛，结果还真的中码了。这一下又成了说词，人们传说我是“贵人”，说贵人说的话有灵气，要注意捕捉。于是，凡他们认为社会地位高、值得尊敬的人回去了，都要争相围着聊天，凡聊到生肖属相，必然作为买码的依据。直到后来这些无意说出的动物并未中码，这种无稽之谈才逐渐淡化。

人的贪欲就像一堆干柴，经“利”字这根火柴一点，便会形成烈火，冲天而起，不可收拾。

（三）

买码在山乡的泛滥，几已成灾。那些年因买码频频引发的大案要案人命案，终于震惊了中央，引起了政界的高度重视，于是展开了大规模、强力度的打击。

我至今搞不懂，买码的后台操作究竟是个什么系统，只知道有写单的，有庄家。上文提到的那个千毛，就是写单的。写单的是整个系统的最基层，只负责收集买码人的钞票，写成名单上报庄家，收取一点手续费，赚钱不多，相应的风险也不大。而庄家总是希望写单的多写，写得越多赚钱的希望就越大。为此还出过一个笑话，在县城环境整治中，县委书记下令在进城的路口立一尊黄庭坚雕塑，因为黄庭坚是本县最可炫耀的历史文化名人，于是塑像很快就立起来了。那是一尊花岗岩石雕，呈鹅黄色，立在一个大花坛中间。黄庭坚身着官袍，头戴乌纱，右手握笔，左手捧着一部翻开的书本，目视远方，栩栩如生。本来这尊塑像的确是县城的一个标志性建筑，不想很快就被人们当作一个笑话流传开来，说本县真的成了买码大县，连黄庭坚也扶起来写单了。又说山谷先生也没什么了不起，无非穷书生一个，只能靠写单度日。不久县委书记高升，接任的书记一听这个故事不成体统，立刻吩咐把塑像搬走了。

因为买码的中奖率低，买的人又多，所以，庄家赚的钱就不少了。可庄家并不止一个，而是有层级之分的，究竟有多少级，有没有总部，总部在哪里？这很难了解清楚。反正庄家是秘密的，只有写单的知道最低一级的庄家，也可能根本就没有严格意义上的买码组织体系。买码就像一群脱缰的野马，一经放出，就四野狂奔，收不住手。有胆大敢为的，便自己放出风去，扬言是庄家，收取写单的钱财，赚了当富豪，赔了拍屁股走路，丢下那些中码的干瞪眼。

中国特色的社会治理，一个重要手段，就是“严打”，或叫“专项治理”。很多乱象，还只有通过这一手段才能有效遏制。我有时想，我们这个民族有一个劣根性，就是趋众性大。看到有利可图的事，不管能做不能做，别人做我也做，于是很快一哄而起，形成风潮。尽管这个民族已有五千年的历史！反正，买码气势既以形成，一个地方就开始乱套，整个幕阜山下闹得乌烟瘴气。

买码发展到如此严重的地步，已经严重干扰了社会秩序，影响了正常生产生活，甚至影响到社会稳定，不“严打”不足以解决问题。“专项治理”一段时间后，人们的头脑终于冷静下来，认识到冲动是魔鬼，欲望是虎狼。通过宣讲疏导，也终于认识了买码的实质就是赌博，买家不可能真正赚到钱，极少数赚了点钱的，都是庄家的诱饵。这才恍然大悟，迷途知返，买码狂潮才慢慢减退，幕阜山下才逐渐趋于平静。

（四）

社会的生存与发展，很大程度植根于秩序之上。社会治理有方，井然有序，人民就能休养生息，社会就能顺利发展。反之，社会秩序一乱，就会冲击社会稳定，给人民带来灾难。西周的“文武之治”，可以画地为牢，夜不闭户。一次诸侯国虞国、芮国发生纠纷，闹得不可开交，没办法想请姬昌仲裁。及至周地，看到周国人相互谦让，长幼有礼，非常惭愧，两人说道：“吾所争，周人所耻，何往为，只取辱耳。”于是相互礼让而去。在这样的社会里，人们生活各得其所，社会秩序井井有条，歪风邪气自然就不扫自灭。春秋战国时期，天下大乱，唯邹鲁独树一帜，自养一风。他们继承发扬姬氏文化传统，以礼乐兴邦，因之产生了孔、墨、颜、曾、孟等一大批圣人，创立了四书五经等儒家经典学说，尤其在良好家教家风的培植、形成和引领上，开创了先河。所谓“克己复礼”，其实就是要复邹鲁之礼。东晋的陶侃，出身贫苦，少年丧父，在母亲谌氏的悉心教诲下，养成了好学、勤奋、清廉的优秀品质。在担任浔阳渔梁吏的时候，一次托人把一坛公家的腌鱼送给母亲。母亲问明情况后，原封不动退回，并附上书信说：“你身为官吏，本应清正廉洁，却拿官家的东西送给我，这样不仅对我没好处，反而增加了我的忧愁啊！”这就是著名的“封坛退鲊”的故事。后来陶侃在荆州刺史的任上，勤于吏治，不喜饮酒赌博，“喜文辞，行文如流”，为人所称道。他治下的荆州，风清气正，井然有序，社会稳定，人民安乐，在动荡不安的大局下，仍能独守一隅，史称“路不拾遗”。而三国时期的益州，“沃野千里，天府之土”，本是个富足之地，又有雄关险隘，得以自成体系，犹如世外桃源。可在性情柔弱宽容、缺乏威信谋略的刘璋治下，“民殷国富而不知存恤，智能之士思得明君”，结果导致民风不整，纲纪不严，动荡不安，内乱四起，把一个好端端的西蜀胜地，搞得破败不堪。后来刘备入川，诸葛亮以重刑整肃风纪，拨乱反正，才换来四十一州地面“并皆平定”。等到了刘阿斗手里，又是软弱涣散，治理无方，导致奸臣当道，歪风邪气盛行，活活把诸葛亮“三分天下，一统中原”的一盘好棋，搞得胎死腹中，留下千古遗憾。

从历史深处走来，不禁感慨良多。治理一国乃至一个地方，谈何容易？当权者的执政能力、治理方略，都关乎一时风尚的形成，都关乎一地发展的兴衰起落，故不可不察。

如今再行幕阜山下，当年那些恶习是看不见了，买码已经由热到冷。买码的人由以前的全民行动，变成了部分人的常态；数额也由赌博型的舍命狂砸，变成了娱乐性的小打小闹，多为老年人的一种消遣。正如打麻将、做法事等，在农村已是平常事，毫不为怪。我不知道这种现象孰好孰坏，不知是应该根除还是应该允许存在？每次回家看望我那将届米寿的老父亲，村人都说他好就好在喜欢玩买码，天天有事做，所以不生病，活得健康。他开始也是瞒着我，后来我说你爱玩就玩吧，但是要以娱乐为主，不要计较输赢，每次不能买多，三五元钱而已。他于是高兴起来，恍惚一天的云都散了，买码由“地下”立即变成了公开。我注意观察了一下，发现每周一三五是他的“码情研究日”，从早餐放下筷子起，他就摆开了架势，书桌上摊开着五颜六色的码刊码报，都是香港出版的。我惊诧于他的眼力之好，少有人及，报刊上是竖排繁体字，密密麻麻的，老人家却不戴眼镜，看得津津有味。这三天他几乎是废寝忘食，从早到晚不离书桌，笔记本上还以蝇头小字写了好多笔记，都是些码经，有时我也瞄上一眼，见那些谜一样的字句，或是打油诗，或是深奥难测的哑谜，竟如众妙之门，玄之又玄，看得我云里雾里，莫衷一是。问他如何确定买哪个号码？他也是天方夜谭一通，并无能说服人的道理。有时他搞了半天也搞不出名堂，于是只能买两只或三只生肖，以图保险。每到二四六的晚上，码号一出来，他便在电话里与一些老头老太太“码友”交流起来，无论中与不中，他们都很兴奋，总是侃侃而谈：

“张老脚诶，我哇哒（说了）今夜是只牛，你硬哇是只狗，怎么样，你塌手了吧？”

“你个婆哩，昨天我叫你买只羊牯哩，你买了吧？我是买了两块钱，也不错咯。”

“嗨呀平贤哩，又冇中啊？要么紧，好戏罢了。”

这种交流，不仅当天晚上在电话里进行，而且还要延续到第二天早上。在村子的地场上，几个老人一大早就会聚集起来，热议昨晚买码的得失。那劲头儿，比开会要积极得多。

这么玩下来，时赔时赚，一年到头，父亲说基本能做到“收支平衡”，略有结余。而我则想，母亲早逝，子女都不在身边，他孤单一人，眼见得老态日显，手脚也越来越不灵活，脑子也越来越不好使，到社区的老年服务中心去打麻将推牌九也不方便了，出门怕车碰撞，走路怕摔跤，服务中心的位子又不够，去晚了还抢不到，兴趣便也渐渐地淡化了。而这样居于家中，有点“艺手”的事情，何尝不是一件防灾防病、延年益寿的好事？

“五一”小长假，我又回到了故乡。幕阜山下的山里，夜晚还是那么静谧，黑黝黝的山峦，黑黝黝的田野，田野里偶有几声蛙鸣，呼应着村庄里零散的狗吠声，更增添了夜色的宁静。山边火柴盒般的小屋建得更多，更加显得拥挤，一幢紧挨一幢，已分不清村庄与村庄的界限了。只是屋子里没有了过去买码的那种喧嚣，人们恢复了日出而作、日落而息的正常生活，各自关起门来，喝茶洗脚看电视。眼见得电视里也没有多少好节目，拿着个遥控器左按右按，一恼火干脆关了，出去串门去。千毛是在家最坐不住的一个，听说他还在写单，不过已不是以前的写法了，现在是帮几个老头老太太写，没几个钱，也是“好戏”而已。有一次他跑到我家来玩，还是一张笑脸，脸上绽开菊花般的笑纹。我妹妹要泡茶给他喝，他还是把头摇得像拨浪鼓，眨吧着两只小眼睛，连声说：“嗨呀，末虿哩都进不去哒！”

（2019 年 5 月）

流年异事

任何一种行业的存在，必有其存在的社会需求，没有了需求，这个行业就会终结。比如花灯，过去幕阜山里人文化生活匮乏，春节期间看花灯就成了一年的期待，那些扎花灯的匠人们，从夏天开始，就得忙乎不停，简直是个抢手的行当。到后来文化生活丰富了，家家户户有了电视，各种节目、各种顶级明星的演出反复轰炸，都看腻了，连县里市里来的剧团演出也懒得去看，谁还稀罕那个花灯？于是，扎花灯的行业也就消失了。又如过去有一种补锅、补碗的匠人，挑了担子，走村串户，手里甩着一串铁板片儿，发出丁零零的响声，很受村妇们的欢迎。过去农村缺钱，买一口锅一只碗不容易，一旦破损了，比如锅裂缝了，或是饭碗被小孩子摔成了两半，只要不是摔碎了无法修补，就会请匠人补好再用。那种手艺还真是厉害，看那些补好的破碗，那补丁打得跟一排排订书针似的，沿裂缝处均匀分布，既防漏又好看，我就是从补碗匠的手下，知道了什么叫“没有金刚钻别揽瓷器活”的。当然现在这种艺匠是杳无踪迹了。

有一种行业，在幕阜山下流行，至今还有市场。这种行业的名称叫“挂流年”。

时间要追溯到二十多年前。那时的山区还很落后，人们多半还是靠远行广州、深圳打工赚钱养家，一般能够混个温饱，好一些的可以在年底办一场红白喜事，要是遇到有人盖了新楼房，那就是稀奇事了。可当我回乡探亲时，发现黄龙山下太清一带盖新屋的特多，我问这些人家是靠什么赚到钱的？乡人说都是挂流年的。

果然，前来看望我的亲朋好友中，十有八九以挂流年为业，有的还是风尘仆仆，刚从数百公里开外赶回来。

挂流年起于何时无从考证，其做法与算命卜卦差不多，尊奉道教，以阴阳八卦推算命理，预测未来，属于迷信一类的东西。奇怪的是，这一套东西在本地早已没有了市场，“文化大革命”后就基本上无人问津了，二十世纪八十年代后，环境宽松，一些诸如祭祀鬼神、安魂做醮、和尚道场之类的事儿，都尽可以大行其道，但那都是为死人做样子、做给活人看的，真正自己信其有的还是极少数，算命卜卦挂流年这些鬼话就不会有多少人理会了。挂流年的人们，做的全是H省的生意。五哥说，他们那一带，幕阜山下的太清塬里，到H省去吃这碗饭的，多的时候数以百计，就连一些文化不高、口才不行、胆量不大的，一年也能搞个三五万元，多的年收入在十几二十万元以上。所以，在那一带，挂流年其实成了一个赚钱的行业。

这倒是引起了我不小的兴趣。真是世界之大无奇不有，老百姓说“远处的神仙近处显”，莫非真有此事？

来看望我的亲朋中，有一个叫品越的小青年，是远房的姑表亲，呼我为表叔。品越人很老实，且有些胆小，初次见面时，还是怯生生的。小伙子个头瘦小，但很精干，一张脸庞刀削过似的，肺尖肺尖，却有一双炯亮的大眼睛，一个带点鹰钩的鼻子，还有一张一笑就露出俩虎牙的嘴巴，整个给人憨厚可爱的印象。当我问到他的职业时，他即刻脸上泛红，低了头，怯怯地说：“在挂流年。”我问他挂流年有什么感觉？他抿嘴一笑：“蛮好戏咯！”

我哈哈大笑起来，对旁人说：“还是个孩子啊，他也能挂流年赚钱？”

“他就是跟着学呗”，接话的是品越的堂兄品诚，品诚大品越五岁，眼明手快，能说会道，看得出在行内已是个高手了。他说他们村十几人，每次都是结伙出去，大的带小的，会哇（说）的带不会哇的，几次之后，基本上就会了。

在品诚的描述中，我脑海里便出现了一幅特别的图景：

清晨，某地乡镇。朝阳初升，青山如黛，绿水如银。逶迤的山岭脚下，分散着大小不一的村庄，一幢幢小楼与瓦屋相间的房顶上，炊烟已然散去，汇入淡淡的雾霭，飘荡在开满紫色小花的水田上。此时，从镇里走出一群特殊的人们，他们肩背挎包，手拿雨伞，开始还是结队而行，接近村庄时，便分散开来，一两个一起，进入了村头人家。他们一般是以走路累了为由，要借凳歇脚，然后用心观察，看家中有无老者或小孩，尤其留意看是否有卧床病人——如有，便是动员其挂流年的话头。他们清楚得很，大凡家有老、小、病号三种人的，都有趋吉避凶、预测祸福的急切心理，若以“玄学”的语言挑拨，必能步步深入，取得成效。如没有，就设法套出本村或附近村庄人家的情况，进而逐家逐

户搭讪，直到有所收获。

说实话，我当时真不知道这挂流年还有如此高深的手段，品诚说挂流年其实就是算命的另一种形式，在H省的一些地方很受欢迎。他们一般是上半年“预订”，即通过口头“算”出人们家里重要人物的过去未来，特别是老人小孩有什么凶险“关煞”，如何“制煞”，得到人们的认同，然后下半年送去流年本，把某人一生的“命运”写上，劝导其家人听信并按照提示办事，以保平安。我说那不就是迷信么？他说也是也不是。说是嘛，因为他们对人家说的都是“跨门槛”的话，可进可出；是摸着墙壁走路，套出话来说话。比如对久病不愈的人，就煞有其事地掐指一算，说他目前正走某某运，运中注定要生重病，明年换运，病就会好。然后话锋一转，说这条运很难走，必须加大治疗力度，费些周折，否则会有大难。这种模棱两可的说法，可以说是糊弄人，但也能给病人及家人以信心，鼓励他们积极治疗，说不定就能见效。说不是呢，是因为挂流年的人，都要学会点易经八卦，略通点八字命理，用上周文王孔夫子的系象二传，推出来的也有不少劝告警醒之处，令人信服。说来也怪，偏就有那么些人，对流年算卦笃信不疑。挂流年的上半年只算命途，分文不取，下半年送流年本上门，要与不要，一律自愿，付费不论多少，绝不讨价还价。如此宽怀大度，竟能获取许多人的信任，一本流年，一般都能收到几十上百元，一些经商从政的甚至出手惊人，而且写了一本还要接着为家人再写，多的一家五六本，人手一册，一个不缺。

我兴趣顿生，于是问品诚要来了一本样书，想看个究竟。

那本子就是个手抄本，一半是推演图形，为木雕板印刷，分八字、命宫、长生、胎元、小限、天官宗度、太岁、禄马、恩固、前生凶吉、贫贱、富贵十二幅格子图形，填上命运因果许多要素；另一半为手抄文本，先有一篇运途解说，五年一运，说尽生老病死、吉凶祸福；后面是逐年逐月逐日讲解，有点《小二黑结婚》里二诸葛讲“今日不宜栽种”的味道。细看内容，其中有很多道家术语，还有一些暗语黑话，非道中人绝对看不懂。那些易懂的，就极为讲究，一般都是模棱两可，不做定论，不说绝话。比如说孩子小时候要走一条某某运，带水的关煞，很难过去，弄不好有性命之忧。但也不需害怕，“一煞有一制”，然后送上一道制符，吩咐佩戴于孩子身上，并再三交代看好孩子，不使近水，可保无虞。又如老人在走某一条运时，叫你“草绳莫当蛇来看”，紧接着又要你“遇猫须当虎来防”；某运走的是一条好运，“千祥云集家声远，百福年增世业长”，同时又说“如能稳交过，自在少忧心”。意思是不是如不能稳交过，前面说的就不算了？总之，他说的似乎有理有据，振振有词，却又不予定论，只叫你如何防范。事到临头平安过了关煞，便是照他说的做得好；出了事就是没有防住，或是关煞太强，命中注定躲不过去。家人便也“宁可信其有，不可信其无”，一本流年在手，时时刻刻谨防。

我有时站在苍龙寨上，俯视着太清塬，见这儿还真是个有风水的地方。巍巍黄龙山下，铺展着两个大塅，迂回交错，构成一幅八卦图形，两条溪水穿行而过，灌溉着万亩良田，确保一方黎民丰衣足食。按道家说法，太清乃元始天尊的居住地，属于至上的“三清”圣境之一。人说黄龙山占了中华“龙脉”，从黄龙山主峰东延的那条山脉，把赣鄂两省分开，看上去竟然那么神气那么得意，蜿蜒的山脊像一条龙又像一条蛇；打开两省通道的南楼岭，似雄踞的老虎又似蹲伏的待鼠之猫，令人琢磨不透。想道教尊奉龙虎，正一教的祖庭就在龙虎山，那些挂流年的人，也往往到上清宫里听几堂课，然后领到一个印有八卦的证件，道是“江西省南昌府龙虎山”毕业的道人，来验明自己的正身。想这里难道真的与道家有不解之缘？可偌大的一个山塅，却并无一座道观，徒有“太清”这个充满虚境的名字，实在难解其故。传说乾隆下江南时，到这里沐浴了山下温泉，感到神清气爽，如临仙境，便恩赐封号为“太清”。显然这个传说远没有做够文章，皇恩浩荡，却用在了挂流年这一旁门左道上去了。

多年后我再次回乡，又见到了品越。我发现他明显地长大了，而且还略显老态，身上的孩子气早就荡然无存。身体比以前更加消瘦，脸上两个颧骨更显突出，眼神里似乎多了许多忧郁和不安。我问他现在哪里做事，他冲我苦笑了一声，紧接着又长叹了一口气：“还不是挂流年。”我有些惊讶，心想这么多年了，这些山里人还是没有别的出路，挂流年竟成了一个职业，真是不可想象！品越说他早就不想做了，“都是戮吖（骗人）的事！”他说这些年来，自己总在受良心谴责，常常手里拿到钱、心里很不安，再做下去，总有一天会疯掉。“可不做这个又怎么办呢？”他说这句话时显得非常无助。他家中上有老下有小，七八张口合起来上尺宽。父母的身体不好，虽有农村医保，自己还得出不少钱。两个孩子在县城读书，不仅学校里要钱，还要上各种补习班，费用昂贵很吓人。更无奈的是自己放着乡下房子不住，却要到县城租房，为孩子陪读。算起来，各种费用，加在一起就是巨大的压力，不但要他拼命赚钱，赚少了都不行。我瞧着眼前这个小个子，心想如果叫他去挑砖砌墙干重体力活，也真不实际。他聪明好学，脑子好使，要不听他讲起挂流年来，怎么一套一套滚瓜烂熟呢？可惜用错了地方！

品越对我说这些的意思我心里明白，他是想要我帮他找份别的工作，来替代现在这个很不情愿的行当，其实，品诚和其他好几个亲戚也都向我表达了这个心情。我突然感到自己是那么弱小，那么无能为力。那时我还是在一个非常有权力的部门工作，还担任了不小的领导职务，可我却不能帮助他们摆脱尴尬的困境，让他们走上一条心安理得的就业坦途。想起老子“圣人常无心，以百姓心为心”的教诲，我真的无地自容。

和往常一样，品越他们陪了我两天就走了。因为过了国庆，他们就要带上流年本子，送到 H 省去，说难听点是去收钱，当然也是去考验自己工作成果的。品诚开玩笑说：“我们是两只手打时（发抖），骗人家也在骗自己，一年能赚几个钱，上半年要看有多少人愿意听你的鬼话，下半年要看有多少人相信你的鬼话！”

我常想，挂流年这种玩意儿，别说在城市，就是在农村，恐怕大多数地方早就没有市场了，可为什么在 H 省一些地方却依旧盛行？想来真的有些怪异。挂流年的人们也曾想扩大范围，便到湘鄂赣周边试了试，结果其他地方怎么也打不进去。H省起初也管得紧，常常有人被公安局抓捕，遇到“严打”时还得躲躲闪闪。可后来警方对此却放松了，可能是因为这玩意儿信奉的人太多，法不责众，不好过分阻拦？或许是因为并没有触犯法律，于社会治安无害？反正就像当年的“投机倒把”活动，渐渐地由打击变成了允许，起码是睁一只眼闭一只眼了。

据说很久以前，大约是清朝中后期吧，有一年幕阜山脉中东段一带发生瘟疫，老百姓叫作“流稀豆”，来势凶猛，传染性极强，且无药可治，不可遏止。就在病灾肆虐、人心惶惶时，来了一个高人，他就是来自黄龙山下太清塬的江湖郎中，人们叫他“胡半仙”。他自制了一种草药，做成沫子，走到哪里就散发到哪里，病人一吃就好，立见成效。于是，胡半仙成了当地人们的救星，对他简直是顶礼膜拜。胡半仙还随身携带了一本道书，名叫《北斗经》，全称是《太上玄灵北斗本命延生真经》，一边治病，一边以此经书为据，为人们算命。他收集起人们的生庚八字，回去依照八字流年，推算出命理走势，点明凶吉祸福，以及趋避制约要领，写成一本本《五星福书》，半年后送去，并不收费用。他的做法使当地人们感动万分，不仅坚持要送上银钱表达心意，而且还要他不隔多久再来，帮助他们消灾除厄。于是，自此后，胡半仙每年都应约过去，一个人忙不过来，就带去了若干徒弟。久而久之，他的徒子徒孙越来越多，信誉也越来越高，只要说是“江西太清塬来的”，人们无不信奉，纷纷请来算一算自家老人、子孙的命运，特别是添丁进口之家，把新生儿看作掌中之宝，不论家境好差，都要请上一本，年年月月照章行事，以保躲灾避难，平安成长。

我忽然想到，世上各个宗教的教徒，为什么那么坚守自己的信仰，无论是斋戒、念经，还是礼拜、祷告，肯定都有其刻骨铭心的历史记忆，都有代代相传的血脉基因。一本流年，竟也承载着一方生灵数百年笃信不疑的信念，岂不教人闻之侧目？

然而挂流年毕竟不能与宗教同日而语，这种雕虫小技，在文化程度愈来愈高、科学知识愈来愈普及的今天，虽有一点市场，但许多善念尚存的挂流年者，是并不情愿做下去的。尽管他们赚了点钱，有的甚至赚了大钱，可这种钱非取之有道，会使他们心中有愧，越是有良心的越感不安。

前不久，五哥来城里看我时，说品越出事了。

那是在他们村里一个老人去世的道场上，本来品越是在帮忙“做动用”的，那天白天他做了一天的事，都是在和尚边上转来转去，到了夜里，他却不见了，村里人找遍了他可能去的地方，又打电话给附近的亲戚朋友，都不见人影。他妻子说，很久以来，他就有一种奇怪的毛病，晚上睡梦中经常惊醒，说听到祖宗骂他，叫他别再做缺德事了。特别是儿子越大越调皮，学习成绩上不去，引起了他极大的忧虑，以为是他长期挂流年的报应。他也多次想不挂了，找点别的事做，哪怕收入少一些，可找来找去硬是找不着，他只得背负着沉重的枷锁重走老路。有人说品越得的是忧郁症，弄不好会出大问题。“最后还是品诚要得，”五哥说，“是品诚从屋背岭上那块大岩石上发现他的，他呆呆地坐着，抬头望着天空出神。”品诚说品越本来心里就有郁结，听和尚念唱着“五蕴皆空，度一切苦厄”之类的经文，触发了情绪，便有了做傻事的念头。

五哥说，当时的场面很杂乱，品越回屋里后，人们还在议论纷纷：

“好得诚吖想得准，知道到屋背岭上去找，要不怎么得了！”香火师六子心有余悸，显然吓得不轻。

“其实我还不是一样不想干了，怎么办呢？一家一档，总要活命啊！”品诚摊开双手，发着牢骚，与他一起外出的伙伴“就是就是”地呼应着。

“唉，这算啥子事啊！”八十多岁的老生产队长扯了扯披在肩上的棉袄，重重地叹了口气。

听罢五哥的叙述，我心里很不是味道。夜里躺在床上，脑子里一会儿是窗外街道上的车流声，一会儿是乡下道场上的铜鼓唢呐声，一会儿又是挂流年的念叨声，各种声音嘈嘈切切，轮番轰炸，竟不得入眠。

（2018年12月）

戏韵

锣鼓声在热闹地响着，时而不急不慢，有板有眼；时而疾如风雨，倾盆而下。看戏的大都知道，这是戏班子在招揽观众，属于开台锣鼓。我时不时地回头扫视一遍，见人群逐渐汇聚，陆续进来的人中，有提着小木椅子的，有牵着娃儿的，也有成双结对像小情人的。不久，祠堂里就快坐满了。场上一片嘈杂，有的高声喊叫，呼朋唤友；有的窃窃私语，弯着手掌当扩音器，贴近对方耳边说着什么，其实也是在大声呼叫，听者则梗着脖子，最大限度地扩张着听力，不时点点头，脸上变化着各种表情。我沉浸在这热闹异常的氛围里，感到既熟悉又陌生。数十年前的孩童时期，每年总会有一两次这样的场面，令我陶醉其中。“拉大锯，扯大锯，姥姥门前看大戏”，可见看大戏是孩童生涯中一件多么快乐多么幸福的事呢！阔别多年，进入暮年后，又一次享受到这个氛围，怎不叫人乐乎快哉！

锣鼓声还在震响，超强的分贝直冲屋顶。我一点也不觉得吵闹，由于不便与友人交谈，我便抬头四顾，饶有兴味地打量起这间祠堂来。

这是一间古老的祠堂，在进来的时候我就注意到了，翘檐耸角之间，八字大门上方，青石板上刻有“余氏宗祠”四字，乃是当地余姓祖堂。里面的格局，与中国绝大多数祠堂相似，分为上下两成。上成为祖堂，正面北墙下，是一张砖砌的长案，案上摆放着宗族祖牌及香炉等祭拜之物，案下有一方形开口，里面供奉着社灵菩萨和土地公公，人们祭祖时，同时也要给这两个神位烧纸上香。祖堂的右边，还有一副神轿，里面端坐着一位木雕神像，慈眉善目，神态安详，乃余家至尊祖上，号称“余太公”。据说余家戏班子外出演出，都是抬着这副轿子前往的，接戏的人家也是以接奉余太公之名义，属于接香火之列。下成上方，是一个戏台，正对着上堂的列祖列宗，说明在这里演戏，不仅是演给观众看的，也是演给祖宗看的。整个祠堂雕梁画栋，精致典雅，尤以木雕画见长。由于年代久远，那些彩色的雕刻都已暗淡，显得整个有些灰黑，唯有两块刻着“天马背印”“麒麟吐书”的大匾，却是白底黑字，刚劲挺拔，高悬在上堂大梁两边，分外醒目。我不明其意，友人解释，说“天马背印”为此地风水地名，“麒麟吐书”则是其宗族的荣耀。据说这余氏一族，史上曾出过三个太师、五个尚书，确实是个了不起的大家族。

锣鼓声在一阵“急急风”之后戛然而止，观众席中的嘈杂声也跟着由大到小、由小到无，霎时归于安静。主持人宣布演出开始，演出剧目是传统宁河戏《大登殿》。剧情在旧时流传甚广，几乎家喻户晓，妇孺皆知。后唐太师千金三小姐王宝钏绣楼招亲，绣球打中了卖花郎薛平贵。三小姐看中了卖花郎，不顾全家人的反对，与父亲三击掌，毅然断绝父女关系，委身穷汉子，离开富得流油的太师府，住进了一座破窑，艰难度日。后来薛平贵时来运转，投军征战、被西凉国公主代战女招为驸马。国王驾崩之后，他接班掌权，反破唐朝，登基为君，坐了天下。据说该剧初创为秦腔，后以京剧闻名，并为很多地方剧种移植。全本名为《红鬃烈马》，由彩楼配、三击掌、平贵别窑、探寒窑、赴三关、武家坡、算军粮、银空山、大登殿等部分组成。此次的《大登殿》属宁河戏移植剧目，由宁河戏嫡传戏班余氏春林班出演。

这场戏其实是我特意点的。

时值清明佳节，游子返乡扫墓。我跟友人说，我有一个心愿，想专门到全丰镇看一场宁河戏。友人齐声响应，约好四月六日清明翌日下午前往，点戏的钱由我出，家住全丰的水明先生管饭。

我的宁河戏情结由来已久，真正引我动心的，还是一年前的一次心灵穿越。

也是清明时节，我和修水文化名人戴逢红下乡采风。到全丰，便谈起了宁河戏。因为宁河戏相传六百余年，至今已是风雨飘摇，苟延残喘，二十世纪六十年代初创办的县宁河剧团早已解散，仅剩五个民间案堂班，还在苦撑着坚守阵地。而这五个班中，全丰镇就占了两个，一个为余姓的“春林班”，一个是戴姓的“凤舞班”，且都很活跃，终年在外巡演不停。我于是提出要去探访一番，逢红便带我来到了余家祠堂。

其时余家班已外出，且在几百里外的湖北崇阳演出，没有预约，一时自然难以回来，观看节目的愿望是泡汤了。接待我们的是老班主余黄轩，老先生年逾古稀，身板仍很健朗，步履稳实，精神矍铄，谈说间眉飞色舞，挑起一脸菊纹。他是宁河戏的“戏骨”，1980 年恢复春林班，他就是班主，直到老迈年高干不动了，还在班里做些后勤工作。这真叫生命不息，勤奋不止。

菊花茶飘出的香味是那么熟悉，那么好闻。透过木窗棂，我看到地场上的小鸡们，正在低头觅食，池塘里有鸭子嬉戏，田野里红花草低调地开着紫色的小花，远处的大湖山郁郁葱葱，巍然挺立。余老用他亲切的乡音，娓娓道着宁河戏的前世今生。六百年前，宁河戏进入了成熟期，基本形成了自己独特的风格，在社会上拥有了自己的受众群体，奠定了自己的稳固地位。余老从里屋搬出来一个大本子，本子的纸张已经发黄，指头拨动稍微用劲，就会出现破痕。本子上有笔迹不同的文字，一段紧接一段，都是写的接戏契约：

> 信人某某，立许余公法显、法广二大真人合案，永年香火一晚。

落款某地某族，有的还添上一句“永保合家庆吉平安事”。立约年代均是光绪、道光、同治年间，最早的距今三百余年；地址近的遍及修水县高、崇、奉、武、仁、西、安、泰八乡，远至湖北崇阳、湖南平江、江西武宁等地。这样的“合同”共计约三百多个，至今个个有效，代代忠实履行。除非信人已绝，凡有后代的，几乎家家热忱接戏。演出之前，都要虔诚拜谒余太公，香火燃烧，鞭炮齐鸣。因为分布太散，距离遥远，余家一个班子不可能在一年内家家演完，只得与各位信人约定，

“每年”改为“每两年”，就这样，他们从1981年起，每年演出都在二百场以上，至今不衰。

我翻阅着这些古代的“合同”，心中满是踌躇。一度以来，好像很多人对西方的“契约制”推崇备至，似乎中国是个不懂契约的国家。其实在中华传统文化里，契约就是一个“信”字。信守约定，诚信待人，既是儒家的一贯训导，也是儒释道“三教合一”之后形成的传统文化核心内容之一，并且早已成为民族的道德规范。如果说“季布挂剑”只因自己的心中许诺便执着践约，显得有些难以理喻的感动的话，那么“尾生抱柱”信守爱情约定，就坚定得有些叫人瞠目结舌了。历史上诸如此类的故事是否属实姑且不必计较，起码说明我们祖先对“诚信”二字是看得无比高重的。民间的“一诺千金”“许神成愿，许钱成债，许人一物千金难移”等俚语俗话，几千年都在念经似的训教传承。眼下这些民间的立约，我粗算了一下，都已过了十五六代了。这么多代的后人，仍是这样忠诚地履行着祖上的约定，而且还在生生不息，代代传承，他们究竟为的是什么？毋庸讳言，古老的宁河戏，对于现在的年轻人来说，已经没有多少吸引力了，以至于春林班、凤舞班们在演出中，不得不在正戏的前后，加进一些现代歌舞，以吸引观众。但“信人”的后代还是毫无厌倦之意，还在虔诚地接戏看戏，为的不就是那一纸“永年”合同、那一份祖上留下的忠实信守么？

只是近几十年来，一切向钱看、金钱拜物教的盛行，有损我们构筑了几千年的诚信“长城”，中华传统美德也被破坏得不忍直视。

诚信至上，正是家里的瑰宝；金钱至上，才是外来的糟粕。这一黑白分明的道理，是到了国人应该清醒、明白的时候了！

我深深感叹于故乡先贤的智慧。宁河戏从魏晋时的傩舞发端，到明末清初从徽班中吸收吹腔、昆腔，从汉剧中吸收西皮，从宜黄戏中吸收二犯，兼收民间小调，遂以汉剧皮黄为基础，结合高腔、二凡等，设计出悠扬高亢、低回婉转的唱腔，形成独具特色的地方戏剧。同时在以北方方言为主的基础上，糅合进当地幕阜山方言，使念白富有美感。伴随唱念做打，还有许多舞美技巧令人惊叹。比如表演骑马，演员有时不用马鞭，仅以蟒袍前摆作马头，后摆作马尾，生动地表演骑马上岭下坡及行走奔跑之状。宁河戏亦有“变脸”，但与川剧不同，川剧是要戴上面具的，而宁河戏则不需面具，另有高超技能。在《杨戬救母》一剧中，杨戬从人到神的转变，就采用了高难度的变脸技巧：预先在鞋尖上用油彩画上一只眼睛，在手中的碗里撒上银珠粉，表演时一个正面踢腿，就把眼睛印上了额头；对着碗里一吹气，银珠粉便粘在了脸上，于是一个眉清目秀的白脸少年，顷刻间变成了三只眼的红脸二郎神。这一切均在一场戏中完成，这在其他剧种中甚为鲜见，没有过硬的功夫也是难以办到的。宁河戏生旦净丑文武兼具，唱念做打完整成套，剧目多达四千余种，可见其兼收并蓄、包容大度的气概何等非凡。以一山区僻壤之县，能开创出流传千载、经久不息的剧种，居于江西七大剧种之列，不能不令我等山人为之骄傲和自豪！

《大登殿》是一出热闹戏，人物多、角色全，舞台上走马灯似的，“你方唱罢我登场”。青衣的婉转，老旦的铿锵，小生的激越，老生的悠扬，都是那么声情并茂，酣畅淋漓。尤其是花脸出场，响板骤起，胡琴紧拉，一声高腔，震惊四座，赢得满堂喝彩。我忽然感到，此时此刻，我已进入历史隧道，置身于千百年前。这古老的祠堂，这满堂的雕刻，都慨然复活了，那些栩栩如生的人物，竟都幻化成一个个观众，坐在祠堂里，坐在我的身边。我也一样，头戴瓜皮帽，身穿长袍马褂，抑或头戴紫金冠，身穿大襟袍，袖子里掏出一把折扇，扇子上是唐伯虎的山水，抑或郑板桥的花草，还有那超然世外的“难得糊涂”字样。我和着京胡响板的节奏，沉浸在抑扬顿挫的咏叹中，手敲桌面，摇头晃脑，一时间物我俱无了。

（2018 年 4 月）

暮色

傍晚是山村最漾像（热闹）的时候。

从早晨起，村子里一整天都是死气沉沉的，见不到几个人影，听不见几句人声，连鸡鸭都是在默默地觅食戏耍，偶尔发出一两声啼鸣或“嘎嘎”声，更增添了乡村的沉寂。只有到了太阳快落山的时候，才开始有了生气。

先是放学的崽姑哩把第一波吵闹带进了地场，村西头的健身器材上，立刻布满了童稚。那张连网都是铁质的室外乒乓球桌上，稚嫩的小手飞舞着只有木板没有胶皮的球拍，津津有味，轮番上阵。一幅滑板载着一个细崽哩，飞一般滑进地场，一个急转身，重心后倾，重重地摔倒在地上，随即又快速地爬了起来，灰头土脸地继续向前。紧接着又有两个半大的姑哩，踩着电动代步车，优雅地飘了过来，绕场一周，倚在一棵山枣树上，与随后走近的两个同学一起，开始了跳橡皮筋的游戏。

此时太阳还挂在西山巅上，秋后的夕阳铺满了地场。地场以外就是大片的稻田，稻子业已收割完毕，只剩下齐腰高的稻秆站立在田野里，看上去怪怪的。以前秋收，是连稻秆一起收割的，田野里一片就地禾茬，间或长出一些嫩绿的小草，有鸡鸭在觅食，有牛羊在吃草，俨然一幅美丽的秋景图。现如今割稻子是“抹脖子”似的，只割稻穗，留下满田稻秆孑然矗立，看着颇有被杀头的感觉，很是不忍。

村里的崽姑哩并不多，村小学每个年级都只有一个班，每个班仅有二十来个学生，大都是留守儿童。这是令人忧虑的事情，孩子本就越来越少，有条件的又不停地往城里迁，好的老师也留不住，教学质量很不尽如人意。这些崽姑哩不像过去，放下书包戏不了几下，就被父母喝叫着去放牛打猪草，或是背起弟弟妹妹，看人家玩耍。现在他们轻快得很，无忧无虑，玩疯了玩得汗流浃背也无人管辖。直到太阳落到了山背，黄昏即将来临，家家门口传来了“宵夜啰——”的喊声，才一个接一个地跑回家中。

第二波便是特有的山村“饭局”。山里人晚饭不喜欢窝在家里吃，大人小孩都把自家的菜肴夹到大海碗里的米饭上，三三两两地凑到村头树下，就着黄昏的微弱光线，边吃边打讲（讲故事、闲聊）。我发现这种吃法很有凝聚力，许是邻居间白天各干各的，很少在一起，很多见闻需要互相交流，或是都想亮一亮自家的好菜，抑或在一起吃更有味道？就连我，到家没几天，也渐渐地在饭桌旁坐不住了，习惯性地端了碗，凑起了热闹。

饭局散，夜幕也渐渐拉开了，地场上又开始了第三波热闹。村西德公祠门口的石墩上，有人摆上了一座卡式录音机，乐声响起，便有女客陆续走来，广场舞在明晃晃的路灯下跳起，给山村平添了许多气氛。

这时候，男客们便陆续集中到老七家门前。老七媳妇拖出小木椅子，端出麻子菊花茶，七八上十个老脚哩围坐一起，也有个把冇事的后生，优哉游哉，喝茶叨天。老七家是本村最贤惠的人家，婆哩媳妇又勤快又好客，相当舍得己。每天傍晚他家门前的地总是扫得净光，要是夏天，还会泼水降温，以便坐着凉快。那些男客又都是些坐烂板凳的，一坐几个时辰，叨起来就没个完，不到半夜不起身，每晚要泡几遍茶，老七端烟都要端掉两三包。好得他的儿子女儿都在外面赚钱，经得起，不然家都会被吃穷掉。

我每每回乡省亲，断夜后也会间或跑到老七家去，参与他们的叨天。他们那真叫作叨蟆眼天，从来没有主题，没有边际，叨到哪算哪。有时讲古，替古人担忧；有时叨到国外，又为美国操心；叨岭背娶亲的花了多少彩礼；叨上屋叔公死了做道场有几张字。最有意思的是叨起不正经的事儿，那真是眉飞色舞，劲道焖大。

村里有个爱吹牛的，绰号叫“白瓜哩”。白瓜哩长得细皮嫩肉，神古卵劲，说起话来头发一甩一甩的，一双手插在裤袋里，一只脚还踮呀踮的。他一年到头不落屋，家不像个家，所以一直找不到老婆。不过他吹牛说他找过四个老婆，生了四个儿子，就是不说到哪儿去了。他年轻时就走南闯北做生意，钱赚得多，花得也快，嫖赌逍遥无所不能，自己做了还喜欢吹，老是卖弄那些破事。他总是说只有他活得值，别人问值在哪里？他就不知羞耻地说：“戏姑哩呀！”他还跟人说，他爸活得最不值，一世人就睡了他娘一个，枉来世上走一趟。以前那些年，他在城里洗浴中心、按摩店里瞎混，有人问：“你这么乱搞，就不怕染病？”“戴套啊，傻瓜，”他便向那人白一眼，“那时我就像香烟一样，口袋里总不缺一盒套子。”说着还真的从裤子口袋里掏出烟，有滋有味地吸着。他还道出了他做的缺德事，说有时故意把套子刺破一个小洞，让对方意外怀孕。别人说他太要不

得了，会遭天杀的。他便得意地哈哈大笑，说：“管他呢，谁叫他们收我那么多钱？反正穿上裤子出了门，谁也不认得谁了。”“你就不怕警察抓呀？”有人惊悚地问他。“这你就外行了，”他说，“城里哪个干这种买卖的窝点没有保护伞？”只有问他现在去不去了时，他才把个头摇得像拨浪鼓，说，“不要命啊？这些年城里风气好了，不正规的窝点都关掉了，再去就会撞到枪口上。”

“那你还是不如坤哥，”养龙虾的三弟说，“坤哥是带研究生的，三年一个，按时毕业。”坤哥是本地在外面发了大财的大老板，据说专门找年轻漂亮的女大学生做秘书，每一个都是三年分手，不留后患，还美其名曰“带研究生”。据说坤哥每年为此要花掉几十万，自己连眼都不眨一下。

“不过像威亚那样也不错，”说话的是八房的老锁。威亚自己留在家里带崽，把个老婆放出去打工，听说过年都不回来，人们都怀疑她在外面做不正经事。威亚也不过问，只要她能寄钱回来就行了。他自己当然也不甘寂寞，与村上的关林嫂好上了。关林也是长期在外打工，老婆年纪不大，在家带着两个孩子，一年到头守空房。这样就是干柴遇烈火，一点就着。我寻思，他们这种凑合，恐怕也就是解决一下生理需要罢了，感情自是无从谈起的。

叨到这些，我总是想到每年开春时节，那些“放单”出去打工的青年男女，牛一样的小伙子，水灵灵的小媳妇，一分开就是一整年，叫他们怎么熬日子啊！一起走吧，孩子两三个，总得有一个在家管着；丢给父母吧，“隔代亲”带坏孩子的教训已经不少了。还能怎么办？只有自己扛呗。于是，一些伤风败俗的事儿就出来了，旁人听了又能说什么，也只有唉声叹气的份儿。

山里人把这种叨天叫作打讲，又叫打烂哇哩，打起来一股子劲儿，屁股夹得线断。打完了打个哈欠，拍拍屁股回家睡觉，啥事没有。整个一种不叹天地、悠然自得的样子，充满了获得感、满足感。

看到他们这种样子，我就想，人其实是很容易满足的。穷的时候，能温饱就满足了；病的时候，健康就满足了；累的时候，能歇歇就满足了；乱的时候，平安就满足了。多数人没体验过，听说坐牢的时候，能自由就满足了。

问题是，穷人富起来后，却又想更富，总是不得满足；病好以后，很快又忘了痛苦，又熬更守夜、胡吃海喝，于是又丢掉了健康；歇够了往往无事生非；平安了不想居安思危；从牢里出来的，有的又二进宫、三进宫……

人之不容易满足，坏就坏在欲望上。欲望大了，就永远不得安宁。我国古代有“人心不足蛇吞象”的故事，外国有“三兄弟淘金”的寓言，儒家有古训，释道有真经，老子云：“祸莫大于不知足，咎莫大于欲得，故知足之足常足矣。”他还设问：声名和生命相比哪个更为亲切？生命和货利相比哪个更为贵重？获取和丢失相比哪个更有害？过分追求名利，就必定要付出更多的代价；过于积敛财富，必定会招致更为惨重的损失，“故知足不耻，知止不殆，可以长久”。

可山里人的这种满足，我怎么就是琢磨不出味儿来呢？那些传闻固然多数与己无关，有时说着说着就扯到了鬼神上了，更是无边无际。可有的分明就发生在自己周围甚至自己身上啊，那里面的多少酸甜苦辣，他们却品味不出来，他们的神经莫非有一些真的已经麻木了？

我有时也会驻足田野，西望黄龙山，看日落的景象。其实日落是很快的，记得乾隆皇帝游江南时，站在庐山得句：“万里长江漂玉带，一轮红日滚金球。”你只要专注观看，那轮金球真的就像滚动着落入山后，把一片金色洒在天边。暮色是很美的，美得人有时会陶醉，不说别的，光是那些火烧云，就足以令孩子们充满遐想了。尽管古人有“夕阳无限好，只是近黄昏”“独坐黄昏谁是伴”“夕阳西下几时回”等悲句，但我还是欣赏叶剑英老的“老夫喜作黄昏颂，满目青山夕照明”，希望黄昏之后，还有一个清新的早晨！

对于山里人的那种满足感，我既为之欣慰，又感到有些别的滋味儿，总觉得那满足里面缺乏一种东西。

傍晚在老七门前叨天，好像能引起共同兴趣的话题，基本都是些野蛮唔哩，正经的不多。这也就是玩得无聊、消磨时光罢了。如今的山里人，大部分不种田了，在家就等于赋闲，时间便也显得特别多，白天虽然有麻将、牌九打，但那玩意儿不可能从早打到晚。文娱活动别无他物，就剩了一台电视，那上面除了小孩子喜欢看的几个动漫，大人基本上无节目可看。如今的电视就像做吃的，要么太难吃，要么吃到腻。也偶有送戏下乡的，可电视里顶级的戏班子、顶级的艺术家都看得不想看了，哪还有兴趣去看那些三流、四流的戏？转来转去还是喝茶叨天好。

我的加入，使叨天增添了新鲜味儿。我一到场，人们先是客气，又是让座又是端烟。我接过老七嫂的茶，吹开麻子菊花，吸一口，总是赞叹道：“真是好茶！”一旁的六子就说：“好是好，就是少了点桂花。”我们故乡人泡修水茶待客，十分舍得己，喝起来有茶叶的甘味、菊花的甜味、芝麻豆子的香味、花椒的麻辣味，几种味道混合在一起，别具风情。而且还有药用价值，喝一碗茶就等于是喝了碗补药。喝完了茶汤，再把那些丰富的茶渣倒入口中，细细地品嚼，那种甘甜麻香的美味儿，真有说不上的享受。六子说的桂花，那是更加珍贵些的佐料，桂花的香味很特别，十分醉人。只是那种花不太好采摘，加工也不容易，放的人自然就少了。我说能喝到七嫂的好茶是福分，不能要求太高啊。边喝着茶，他们就边问我外面的一些见闻，也仅仅是为了满足新鲜感而已。比如听说抓了好多贪官，有的贪官贪的钱用屋子装，金银珠宝不计其数，不知是真是假？听到我肯定的证实后，他们的反应不是痛恨，而是羡慕。“啧啧啧，”他们会斜起眼睛向天，似乎在心里盘算着什么，然后伸了伸舌头，“要那么多做么哩撒，少贪点不就抓不到吗？”竟然发出这样的感叹。另一个又联想到了身边的典型：“你看岭上的水亚，以前家里穷得叮当响，他爷娘是苦到了笃，几作孽啊，好不容易发达了，当上了县长，又因腐败进了班房。”听说这个人不仅贪污受贿厉害，而且生活腐化得很，情妇就有 30 多个。“好得他戏啊！”人群里发出的这声叹息，引发了一阵笑声，这笑声不仅有鄙夷，而且有钦羡，山里人叫“齁眼钱”。

这样的议论场景，往往是山里人一种心声的袒露。山里人的特点是：对那些通过努力奋斗，在外面当了官掌了权的贫困子弟，便看他是否能把家里人和亲戚朋友安排出去，安排了就为之喝彩，认为他有本事、有良心，否则就会说他的怪话。接下来就是看他能否搞项目拨钱回乡里，因为搞到了钱，他们的家人会获得一些变相的“回报”，对此乡里人并不感到惊讶或者气愤，反而是津津乐道，夸赞不已，说“老国”的钱多的是，搞得到是本事。只是涉及自己利益的事儿，他们才会上心，比如对缴医保意见就大，说前几年人丁只收几十元，现在涨到快三百元了。说钱要年年交，得病的毕竟少，问这些钱都到哪里去了？有的想方设法要搞到顶“低保户”“特困户”的帽子，哪怕领到补贴的钱拿去打麻将，也要拼命去争。对于诸如此类的东西，他们可是毫不含糊、寸步不让的。

面对这样的议论场景，我的心里总是有些纠结。走在黄昏的山塅里，看斜阳西挂，映照着满目葱茏，层林尽染；小河的水波泛着银光，打着呼哨，跳跃着流淌；山脚下的村庄里，家家屋顶上已经冒着袅袅炊烟。真是太平世界，朗朗乾坤。暮色里的人们，放下筷子，便东一个西一个的，村头村尾游逛，然后要不进东家上牌桌，要不到西家围坐打讲，过着不叹天不叹地、不问国事不愁柴米的日子，就像是桃花源里人，“不知有汉，无论魏晋”。至于山外何时发生了何事，那与他们无关，“天塌下来有高个子顶着”，“闲事莫管，无事早归”。玩的久了，哈欠一打，抬起屁股，趄帏（回家）困觉。

我突然想起了鲁迅笔下的“看客”，想象着那些人在他们看来是“新鲜事”的场景面前，那种拥挤着看热闹的景况：“于是他们背后的人们须竭力伸长脖子，有一个瘦子竟至于连嘴都张得很大，像一条死鲈鱼。”

（2020 年 1 月）

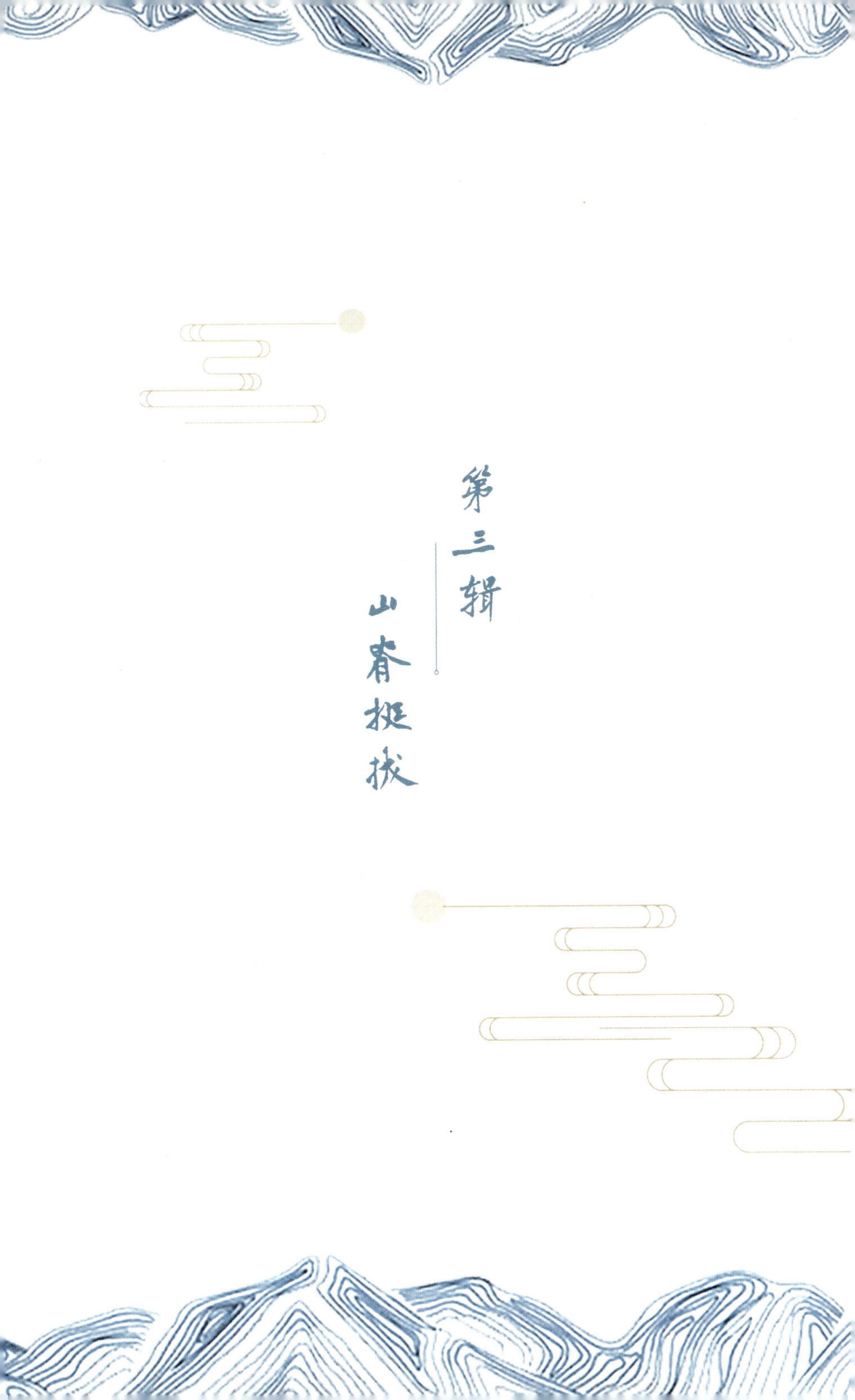

第三辑

山脊挺拔

五哥

我妻子有五个哥哥，老大老二都已作古，老四早在“三年自然灾害时期”就送给了别人，老三也年过古稀，跟他儿子生活，所以，国庆回乡休假，我们就住在老五家里。

其实多年来，我们每次省亲，也都是在五哥家落脚，这已成了习惯。

五哥早就为我做了准备。他知道我喜好练字喝茶，就把二楼客厅腾空，在靠山墙处放上一张八仙桌代书案，南窗下则摆了一套茶桌茶具，还特意为我的卧室装上电视、空调。让我既有山乡大自然的享受，又不失城市现代生活的舒适。而我却分明感到，自己这条历经风吹浪

打、千疮百孔的破船，确实躲进了一个温馨的港湾。

五哥身材不高，略显消瘦，许是长期为生活所压，身板已不硬实，走起路来有些前倾，步伐沉重。他见人总是一副笑容，眼里淌着慈善，嘴角挂着憨厚，右边露出一颗虎牙，更给人以亲切实诚的印象。他的话不多，一天到晚默默干活，再苦再累也是笑容可掬，若是劝他歇一下，别太累了，他就重复一个字："现。"（幕阜山方言，意思是没关系。）

五哥早年当过生产队长，可是没当多久，就遇到了农村改革，联产承包，分田到户。分田是个难题，谁都想要塅中间的肥田，他就让别人先挑，自己留在最后，结果他得到的全是山脚下的瘦田。家人很是生气，埋怨指责不止，五嫂还大哭一场。须知田是农民的命啊，肥田瘦田的收成那是天壤之别啊！可他只蹦出一个字："现。"

后来兄弟分家，其他几个对如何赡养老人意见有分歧，提出了不少困难，五哥就说他来养，叫父母和一个卧病在床的奶奶都跟他生活。旁人都说他负担太重了，他还是一个字："现。"说得多了，他就加一句："一个崽也要经爷咯！"这让许多乡邻深受感动。

那年头日子真的过得太艰难，五哥三个孩子嗷嗷待哺，加上三个老人，一家八口，全靠他夫妻两个锄山挖石，有时真的锅都揭不开了。屋漏偏逢连夜雨，在那十多年里，三个老人接连重病，五哥夫妻熬药端水，床前伺候，十几年如一日，从无怨言。三个老人都是长期卧床不起，离世之时，身上竟没见一个长褥疮，可见护理得多么周到细致。那时虽然我们也不富裕，但我说一定要设法帮五哥一把，节衣缩食也要支持他渡过难关。后来每每念及，我总是感慨万分，也甚是羞愧，我们支持的实在太少，即便再多，与五哥夫妻比起来，也是微不足道啊！

我回望历史，从《二十四孝》中汉文帝的“亲赏汤药”、黄庭坚的“涤亲溺器”，到林则徐的“不孝父母奉神无益”的箴言，在中华民族的基因里，原来一直在灌注着这一传统文化，也正是这样的基因，才构筑起民族的脊梁。

我仰望群山，注视流水，不禁要问：世上究竟什么人真伟大？是那些舍身英雄，御敌豪杰，抑或开国领袖，先觉导师？都是，但切莫忘了，还有多少不为人知的草民百姓，在默默无闻地尽忠尽孝，干着感天动地的举动，他们难道不是另一种意义上的伟大么？

俗话说，人生就像走路，越过一座山总有一段平。五哥夫妻艰苦了十几二十年，陆续送走三位老人后，儿女们也长大了，苦日子终于熬到头了。儿女们很争气，都在拼命谋生。这时五哥又有想法了，他要帮儿女们带小孩。他说孩子们也不容易，趁我们身体还好，能帮一点就帮一点吧。于是，五哥一家刚走出养老的困境，又挑起了抚幼的重担。他们的日子还是那么忙碌，他们勤俭的本性还是没有改变。他们夫妻俩要让下二代成长得更好，于是大量养鸡鸭种稻蔬，给孩子们提供生态环保的食品。又是十几年，他们先后带养了五个孙子辈，如今大的考上了大学，小的也进了幼儿园。不知怎的，我每次看到那些孩子对五哥五嫂的亲近劲儿，总有一种酸楚涌上心头。

五哥真是个木讷之人，不善言辞，不喜表达，按幕阜山人的说法，叫“捏起鼻子哇不出三句话来”。我来了后，他整天就是在做事，很少和我交谈。遇到亲友来陪我喝茶饮酒，大家眉飞色舞谈笑风生，他便在一旁静静地听着，眯起眼，抿着嘴，脸上露出微微的笑意。

如果不是还有琐事缠身，我真的还想在五哥家里多住些日子，因为这里不仅有优美的风景、优良的生态、悠闲的生活，更有一个和谐安逸的家。与忠厚豁达的五哥在一起，我的心境更平淡了，几十年尘世侵入我心里的污浊，竟也逐渐地被清洗掉了。

（2016.7.20.）

敬神

五嫂有个习惯，再忙也要敬神。

这里说的敬神，是指山里人生活中的一种仪式。为表达对长辈的孝敬，往往在家中的厅堂上，置一条案，名曰“神台”，摆上已逝先人的牌位，后来又与时俱进，牌位改成了瓷板照片。神台前端有烧香的香炉，地上还有烧纸钱的盆子。这种摆设，在幕阜山区，几乎成了惯例，家家均不例外。

每餐开饭前，菜一上桌，五嫂就先用一个海碗，盛了满满一碗米饭，夹上最好的菜肴，再在中间插上筷子，双手捧着，恭恭敬敬地端到厅堂的神台前，对着祖宗牌位和几块瓷板遗像，弯腰鞠上三个躬。逢上年节，她还会闭目颔首，念念有词，大都是祈祷祖先保佑风调雨顺、阖家平安的意思。有时在厨房里转晕了，一上桌端起饭碗，菜都送到了嘴边上，猛然想起，口里连说“罪过罪过”，忙又夹回菜盘里，起身换了大碗，旋即虔诚而行。

有时我们也笑着说，隔个一两餐不敬也不要紧的。她便正色道：“那怎么行？娭毑（她随丈夫对婆婆的称呼）生前交代过我的，一餐都不能隔的。”她婆婆也就是我的岳母娘，生于穷困年代，到死都愁着没饭吃。她曾吩咐过五嫂，说“家里以后生活好了，你要让我多闻闻好饭好菜的味道”。这当然是打趣的话，既有对贫困生活的无奈，又有对美好前景的信念。可五嫂竟当真了，而且竟是这样坚持不懈。

五嫂与她婆婆的关系很不一般。五嫂敬神，我以为主要是敬公公婆婆。

五嫂是个苦命人，自从嫁过来起，家贫不说，而且几乎就在服侍病人中过日子。先是有个瘫痪失明的老太太，在床上躺了二十多年。后来公公婆婆相继患病，特别是婆婆，患的是疼痛病，终日痛不欲生。三个老人全靠五哥五嫂照顾，夫妇俩要种田养家，要抚养三个小孩，还要为老人端药倒茶，擦洗护理，摸屎摸尿，脏累不惧。日复一日，年复一年，作为媳妇，五嫂从无半点怨言，不见一回脸色。那份孝心，真的闻名遐迩，感动乡邻。

后来几位老人相继谢世，儿女渐渐长大，五嫂的负担轻了，家境好了，生活小康了，然而她又有一个情结解不开，总是唠叨亏了老人，“这么好的日子，娭毑他们一点也没享受到，多可惜啊！”

于是便有了她生活中的第一要务：敬神。

我对五嫂的这一举动很是欣赏。我不是迷信，我是看到每当五嫂敬神的时候，她家的大人小孩立马也严肃了起来，特别是那些孙子辈小孩，一上桌总是叽叽喳喳，相互打闹，只要五嫂端着碗一起身，他们便立刻归于安静，不到敬完神，谁也不会扶筷子。更可贵的是，有时五嫂没来得及，有的孩子还会提醒一句：“阿婆，冇敬神啊！”

敬神在我故乡已成风俗，我以为是一种孝文化的典型表现。家家户户都一样，每餐饭前，有神位的敬神位，没有的就端到门口，敬大地大神。尤其是除夕，敬神便推上了高潮。天没亮，就得起来做菜，鸡鸭腊肉当然是前天夜里就煮好了的，早上主要是煮芋头做大臊子以及一些小菜。到了晌午时分，女人们便把六至八碗“敬献”装进一只菜篮子里，男人们用一把锄头，一头挑着敬献，一头挑着香纸爆竹，家有六七岁以上男孩的，一定得带上孩子，这样来到祖上的坟前，摆上三牲果品等敬献，点燃一挂鞭炮，插上几支香，烧几叠火纸，就算尽了孝，与祖上同过新年；也表明子孙争气，后代发达，家族香火旺盛。真正的实际工作，是和清明节扫墓一样，祭拜完后，还要清理一下坟地，诸如疏通排水沟、挖掉长到坟边的竹笋等，以防来年春天雨水侵蚀，竹根长进坟墓里。这样的敬神是很辛苦的，一般要跑几个山头，每一个祖坟都要敬到，直到日头偏西，家中女人孩子们等得饥肠辘辘，方才返回。回来后，大家族的兄弟子侄们还要集中到祖堂，把敬献摆放到一起，烧纸燃香打鞭炮，集中祭拜一次。搞完这些，各家各户才能围坐吃年饭。

我从少小离家后，很少回乡探亲。几十年了，每次回来，一看到敬神，总要使我激动一番。在堂屋里饭碗飘出的香气里，在祖坟前香纸腾起的烟雾里，我仿佛看到了一幅幅生动的画面，那是汉文帝的《亲尝汤药》，是三国陆绩的《怀橘遗亲》，是黄庭坚的《涤秦溺器》，是闵子骞的《芦衣顺母》……我忽然想起，一部崇高伟大的中华传统文明史，是祖祖辈辈的炎黄子孙用一件件不起眼的、浸泡在日常生活里的小事编制而成的。

敬神，敬的是毫无知觉的木牌土堆，熏陶的却是一代接一代的幼小心灵。他们用了小小的、一家一族的孝心，聚合成了对国家民族的大爱，与仁义礼智信一道，构筑起了民族精神这一坚不可摧的不朽长城。

“姑公，吃饭了！”我正在埋头写作，楼下传来小侄孙的喊声。我关上电脑，下了楼，只见饭桌上，饭菜已然飘出诱人的香味，老小几个都正襟危坐，谁也不动筷子，脸上露出庄严肃穆的神情。隔壁堂屋里，五嫂手里捧着大海碗，碗里盛满了鸡鸭腊肉，中间插着一双筷子，碗里的香气缓缓地飘上去，弥漫在一块木制的祖牌和几帧瓷板相片上，久久不曾散去……

（2016年2月）

荷塘说藕

五哥家门前有一口荷塘，约一亩见方。荷塘就在地场边上，紧挨着一大片稻田，稻田前面是一条小河，清凌凌的河水欢快地从山间流来，又欢快地流向远方。

夏日里，我回乡到五哥家小住。正逢农家盛季，田野里绿浪滚滚，菜园里瓜果飘香。小荷塘已被硕大的荷叶铺满，微风吹来，叶儿芯里的小水珠肆意滚动，在阳光下熠熠闪光。绿叶中间，一朵朵粉色的荷花亭亭玉立，婀娜多姿。盛放的像贵妇般艳丽，初展的像新娘般娇媚，半开的像少女般羞涩，含苞的像小姑娘般纯净，真真令人叹为观止。

这口荷塘自然成了我的最爱。要知道如今的山乡已远不如从前，过去那种如画般的景色是难以寻觅了。喧嚣取代了静谧，杂乱取代了齐整，污染取代了清纯。许多古村古寨都已破落荒芜，而在它的周边，却是一些占田霸地、毫无规划的碉堡似的建筑，把一个个山水美景破坏殆尽，其惨状真的不堪入目。在这样的情况下，还有一处闹中取静、浊中独清的田园风光，就足可安放一个游子的心灵了。我于是成了荷塘的常客。清晨，沐一缕清风，与荷叶起舞；黄昏，披一道斜阳，与荷花伫立。特别是到了晚上，拎一把小竹椅，泡一壶宁红茶，在塘边一坐就是两三个小时。月色下，陪着那一群仙女般的生灵，听蛙鼓蝉琴，看田色山影，任柳条拂面，享月光铺银，心中便满是“夫复何求”之慨。

在塘边待得久了，我油然思念起塘底下的藕来，而且这种思念是这么强烈，愈来愈不可遏止。我想这艳丽的荷花，已然占尽了风光，赢得了数不尽的赞颂，如脍炙人口的“出淤泥而不染，濯清涟而不妖”“清水出芙蓉，天然去雕饰”“小荷才露尖尖角，早有蜻蜓立上头”“接天莲叶无穷碧，映日荷花别样红”，等等，不一而足。咏颂纯美荷莲，固然理所应当，无可非议。可那深藏在泥水里面的藕，又有谁看得见呢？更遑论有人歌颂赞扬的了。我翻遍记忆，又借助“百度”等工具，横竖找不着骚人墨客们对藕的赞美，仅有的诗行里，也只是些哀叹藕断丝连，或是借藕颂莲之类，如孟郊的“妾心藕中丝，虽断犹牵连”；杜甫的“公子调冰水，佳人雪藕丝”；贾岛的“千根池里藕，一朵火中花”；等等。更有甚者，竟还有人对藕无端指责，道是“泥里忍污浊，枉称心眼多。莲姿博清誉，你却为它活。”岂不可恶？须知当那荷花纵情怒放、展现千姿百态的时候，藕却正在污泥里面辛勤耕耘，就像一个个至诚的父母，在为他的子女可劲儿提供着养分呢！露在地面上的是无限风光，隐于地下的是默默无闻。实际上，荷叶荷花的价值主要是观赏，真正具有药食功能的还是深埋在泥水中的藕，这才是“好看不好吃”，好吃瞧不见啊。可世间的事物就是如此无奈，如此不公平，当人们对着抛头露面者欢呼雀跃时，却忘记了还有多少躬身俯首者在那里无怨无悔地埋头苦干。一如这荷塘边上，人们津津乐道于荷花的“出淤泥而不染”，殊不知地底下还有无数根藕，他们是深陷污泥而不染，丹心撑起一池莲，他们的品行才真正值得大书特书啊！

初冬时节，我再次来到了荷塘边上。这时的荷塘，已远非昔比了，经过风刀霜剑的磨砺，荷塘脱去了夏日的盛装，叶子早已枯萎，飘落在泥中渐渐腐烂，荷花也早已化为稀泥不见踪影，只剩下一些凋零的荷杆，东倒西歪地撑立着，努力唤起人们对去日风景的记忆。我于是又悲凉起来，想世事何其残酷，天地运行，四时变异，谁又可抗拒半分？难怪不少圣贤苦苦劝告人们，要“不以物喜，不以己悲”，要“得之不喜，失之不忧”，要“淡定低调，宠辱不惊”。一口荷塘看兴衰，参透世间多少情啊！

正在踌躇满怀，忽听有人和我打招呼，抬头一看，原来是荷塘主人横巴。横巴是五哥的一个远房亲戚，他的学名我从没听到过，村人一直都叫他这个外号。横巴可是个十足的老实人，矮矮的个子，黧黑的脸膛，许是过多负重的缘故，走起路来腰总是哈着，导致一步一点头，显得异常吃力的样子。他平时很少说话，见人先笑，露出满脸真诚。即便开口，也是轻言细语，从不高声。此时他肩扛锄头，锄头把上还挂了一个竹篓。我问他干啥去？他说是来挖藕的。说罢就挽起裤脚，提着锄头跳下了荷塘。不一会儿，一根带着泥巴的藕就被他挖了出来，那根藕足有四五节长，约碗口粗，虽还沾着稀泥，但其鲜嫩的色泽已清晰可辨，透过深灰色的表皮，我恍惚看到了晶莹的藕肉、圆圆的小眼和那细细长长的切不断扯还乱的藕丝，真真教人钦羡不已。紧接着，长短不一的鲜藕一根接一根挖了起来，很快铺了一地，足可装满那个竹筐。

横巴还在挖。我忽然发现挖藕还真是个辛苦活，看

横巴那费力的样子，在俯仰之间，在鲜藕出泥的时候，他已是气喘吁吁，沾满泥巴的身上脸上，汗水不停地流淌，很快湿透了衣襟。他边干活边对我说，藕这东西顽强得很，春夏季节，它会死命往地下钻，深入硬泥之中，以最大限度吸取营养，供莲荷生长，以至很难挖尽。来年春天，那些留下来的残藕又会发芽长叶，勃发生机。

我愈发对藕敬重起来。荷叶荷花固然可爱，也委实值得歌颂，但没有藕哪有荷？一如没有许多被埋没的无名英雄，哪得精英们的逼人光彩？

我的眼光从横巴身上抬起，向田野望去。正是晨尾巳头时光，田野里出工的农人还真不少，有收晚庄稼的，有施冬肥的，有打理蔬菜的，男女老少，星星点点，伴随着野牧的牛羊、觅食的鸡鸭，在炊烟雾霭中，在大山背景下，组成了一幅绝美的山水田园图。我忽然若有所悟，眼前这些耕作的农人们，竟幻化成了一根根莲藕，正在精心打扮着天地间这口莫大的“荷塘”。那青山绿水，那村庄园林，不正是片片荷叶、朵朵荷花，组成了锦绣壮丽的美好家园么？

我急忙举起手机，按下了快门。

（2017 年 1 月）

山魂

山居看山，看得久了，总想问一个问题：山有魂吗？

于是我试图找到山魂。我询问千万年前的伏羲、虞舜，我拜访古老的瑶、苗、黎、畲，我甚至顺流而下，一路追寻魂归幕阜的屈原、杜甫、超慧、惠南，还有魂飞山外的吕洞宾、葛洪、黄庭坚、陈寅恪。他们都似乎告诉我，幕阜山的魂魄，无时无刻不在山中游荡，无时无刻不在寻找寄托、寻找安放的地方。

山是巍峨的，总是那么高不可攀。我攀登黄龙山主峰的时候，已是年过花甲之人，手脚并用，甚是吃力。零距离接近故乡的山岭，有如再次躺进妈妈的怀抱，心情自是畅快得很，每一颗小草、每一滴水珠，每一粒沙石，都是那么亲切，都能引发美的遐想。有遐想就有动力，于是不知不觉地，奇峰峻岭竟也不在话下了。当我踏上那块三省分界的石头，巡视着周边的群峰时，我突然觉得自己是如此幸运，就如开在巅峰的一朵杜鹃，或悬崖上傲然挺立的一根松针。

整个登山途中，我一直被同行的友人夸赞，说什么老当益壮，身强体健云云。这些奉承，倒是提醒了我，使我不时忆起一个从这里走出去的、比我强健得多的老人。是的，有很长一段时间，他在我的脑海里挥之不去，那仙风道骨，鹤发童颜，那声如洪钟，动如脱兔，就像一个仙人，我也真的就称呼他为“仙老”。

仙老在一年前做了一件了不起的大事，他致信故乡的主要领导，说一个文化底蕴十分深厚的地方，长期以来没有得到有力的开发，他认为太不应该，建议利用清明节回乡扫墓的机会，召开一个座谈会，请在外边的一些文化名人回来，共商如何振兴幕阜山文化事宜。其中着重提出，一定要研究如何将本地的地方剧种申报国家非物质文化遗产。他为此还利用曾在省文化部门工作过的条件，亲自邀请了省里的申报专家和工作人员前来作具体指导。

老实说我闻知有些惊讶，须知其时仙老已是八十开外的老人了。我既惊讶于他的充沛精力，更惊讶于他对故乡事业的执着情怀。我知道仙老是当地走出去的著名戏剧专家，长期从事地方戏剧的实践和研究工作，对家乡的地方剧种情有独钟。眼看年复一年，盼不到这一剧种获得应有的名分，生怕这一民族文化瑰宝断了根，他才顶着皓首白发，操刀上阵。我当时就想起了老黄忠八十三岁取定军山，又想起了佘太君百岁人挂帅出征。诸葛亮是面对曹营的张郃、夏侯渊来犯，本国的关、张、赵云都在远处镇守，身边一时没有大将，才采用激将法，教老黄忠出战迎敌。而大宋王朝是积贫积弱，朝廷的男人都死绝了，面对强敌金兀术，竟无将领敢于上阵，使得佘太君带着一群寡妇应战。却不知当今这仙老的披挂又是怎么一回事?

但是不论是何原因，仙老的这一举动，委实深深地感动了我，他说届时要我参加，我即刻满口应承。只是，我在心里有个不祥之兆，预感他的这片苦心不一定能有收获。

因为，我对另一个人的遭遇记忆犹新。

另一个人是红君。

红君生来与佛有缘。他的外表就很有佛家气质，浑圆的光头，尖长的脸，慈眉善目，笑容可掬。中等身材，精瘦干练，举手投足间带有超然风度。若是穿上佛袍，手握佛珠，闭目静心，念念有词，活脱就是一个高僧。

红君本是从事经济工作的，学的是土木工程专业，却鬼使神差地喜欢上了佛学。黄龙山麓有一寺，就叫黄龙寺，为禅宗七宗之一的黄龙宗祖庭，自惠南和尚开宗立派以来，着实兴盛了好几百年。尤其是在有宋一朝，几乎成了佛教的一面旗帜，气压伪仰、法眼、云门诸宗，领军临济、曹洞二家，独享“临济临天下”之誉，就连朝廷重臣都以来此参拜为荣，真宗皇帝还亲笔为其题名刻匾。黄龙寺历四十八代掌门，其弟子遍及海内外，尤为日本、韩国居多，日本的佛教界中，多达十五派是黄龙宗后裔，遵黄龙寺为祖庭。只是近代以来，黄龙寺屡遭天灾人祸，已被破坏得惨不忍睹。改革开放几十年，全国各地很多名寺名刹都已重修，使之朝拜者甚众，香火旺盛，成为享誉四方的旅游胜地。唯独黄龙寺至今只留寺址，不见殿宇，荒野中有几处遗迹，也是断垣残壁，破败不堪。这期间不乏仁人志士为其奔走，呼吁抢救，但收效甚微，多数人也就徒叹无奈，只好作罢。红君却是独到之人，他从二十世纪八十年代开始，即对黄龙宗、黄龙寺乃至黄龙山进行深度研究，前后近三十年，编写出了一套三本黄龙禅宗文化丛书，分别是：《黄龙宗简史》《黄龙宗公案》《黄龙宗禅诗》，引起了宗教界的高度关注，国内外多家宗教期刊都刊登了他的有关论文，中国社科院还请他出席年会并作专题报告。

红君的举动引起了一个人的注意，这个人就是日本法音法师。法音法师祖籍中国上海，是毕业于早稻田大学的博士生，后又在美、英、法等几个国家的大学获得博士学位，兼任日本十几个寺院的住持，在日本及东南亚都有很大的影响力，是佛教界公认的著名大和尚。作为临济后裔，黄龙寺他当然拜谒过多次，也生发过无数感慨，怀有复兴祖庭之大志。只是自己身在异国他乡，力所不及，当地又找不到能够代行义事的同仁，因之常常望洋兴叹，唏嘘不已。阅读了红君的黄龙宗丛书后，心中大喜，即与红君畅谈心事，商议重修黄龙寺大计。二人想法不约而同，一拍即合。红君满怀兴致地在当地奔走，努力争取地方政要的重视支持。法音也表示，重建工作他可以负责，包括请来高僧住持，筹措所需经费，以及设计施工的一应事宜，他都有办法解决，但必须要有当地各个方面的大力支持，密切配合，尤其是给予优惠政策，提供重建的良好环境。红君心想，若黄龙寺得以重修，不仅宗教界举世瞩目，更是当地建设发展的一件大事。据说相关组织前来调研，考察纳入“乡村振兴”计划，打造一个黄龙宗教特色小镇的构想，不知为何后来又偃旗息鼓、没有下文了。自己若能在这件事上出点力，也是一件功德无量的好事，何乐而不为？于是与法音商议妥当后，逐级上报了设想，取得了当地主要领导的首肯，并确定派员在南京清凉寺会谈。谁料地方官员无端失约，左推右拖，竟无人前往。法音兴冲冲地从日本专程飞来南京，却迟迟见不到官员大人，气得这个和尚闭门坐禅一日一夜，发誓再也不管黄龙寺的事了。红君自然面子全失，无地自容，从此只做学问，不敢谈起重修寺庙之事。

我很怕仙老重蹈覆辙，事与愿违。

站在黄龙山顶上，放眼望去，真是别有洞天。平时所见的陡峭山岭，此刻“一览众山小”，小到成了一个案上的棋盘，那些山梁，就是汉界楚河边上的线条，把山谷划作一个个格子，格子里遍布着星星点点的田野和村庄，便有“闾阎扑地，钟鸣鼎食之家”的景况。我忽然想起了《天仙配》，有一种七仙女在天上俯视人间的感觉，那些原本异常熟悉的地方，即使地处三个省，都是叫得出地名的，过去走亲戚办事情翻山越岭，动辄一天半昼，如今修了公路，有了车子，也非即刻可到。凌了绝顶，打眼观之，却皆如图上之标，收入视野，尽览无遗。原来伟人的“指点江山”，并非夸张之词，大和小、高和低，都非一成不变，都是随人的位置和眼界变化的。站位高了，眼界阔了，一切便都小了，小到可以忽略不计。只是那些“小”切不可小觑，“小”中有“大”，平中有奇，而且那无数个“小”里面，似乎隐含着不可探知的东西，也许那就是魂，有山之魂在其中走动。

我清楚得很，这片山是万不可轻看的，因为这里不仅有远古的传说，有中华民族始祖的遗迹，而且还有红色的基因。就在这片山里，毛泽东、卢德铭点燃的秋收起义烈火，把黑暗的旧社会烧毁，把中国引向光明；彭德怀、滕代远在这里建立苏区，与罗霄、怀玉、大别山脉的星火遥相呼应，形成燎原之势，在中国革命史上谱写了光辉的一页。那时的山山岭岭，到处是血雨腥风，村村寨寨，无不白骨成堆。“当年鏖战急，弹洞前村壁。”“野战格斗死，败马号鸣向天悲。”直到今天，近百年过去了，这里的人口尚未恢复到以前的规模，很多先烈的后代还深受贫困的煎熬。想这丹霞山峦，为什么呈现暗红颜色？一定是千万先烈的鲜血染成的。我似乎看到了红土地里掩埋的累累忠骨，听见了那些灵魂至今还在叹息的声音。

终于，那些“小”的事情，引起了“大”的注意。一场跨世纪的运动悄然展开，大山的沟壑里、塅垄边，一座座破旧的小屋被拆除了，一户户贫穷的山民被搬出了山外，搬进了整齐靓丽的新村，走上了脱贫致富的新路。一个山区扶贫的大胆举措成功推出：移民扶贫。这是经过当地几级、几届党政的不懈努力，广大县、乡、村干部用心血和汗水换来的为民、利民的伟大功绩，必将载入史册，传颂后人。很快，这一做法不胫而走，为远近仿效，其经验得到了高层的肯定和表彰，据说还引起了联合国的密切关注。

这个典型集中宣传推广过后，工作业已复归常态。十多年过去了，不料一声惊雷，又于无声处响起，一部描写记述移民扶贫的长篇报告文学在某著名的国家级杂志节选刊登，引起了文学界的重视和关注，紧接着出版社全文出版。这部作品的作者就是阿春，一个八零后的幕阜山人。阿春虽然年轻，但已是一位颇有成就的作家了，曾有多篇小说、散文见诸大报大刊，出版作品十余部。这部报告文学就是他走遍山山岭岭、采访数以百计的贫苦百姓后写出的。读了此书，我深为感动，既感动于这一扶贫工作的惊世举措，又感动于作者的无私奉献精神。据说没有人向他布置任务，没有任何写作报酬，阿春却是如此执着。他说他本身就生长在大山深处，对移民扶贫给山区百姓带来的好处感同身受，作为大山的儿子，他必须把这一创举写出来，以铭记在大山的心中。我想这样一部主旋律的、可以说是为地方工作添彩的作品，应该为当地大力推举、广为宣传吧，不料却是墙内开花墙外香。山外的文学界为此书又是组织评论，又是举办座谈会、首发式，读者反响也是异常强烈，赞誉有加。可在当地却如投石入水，波澜不惊。

那年春天，一群作家评论家们跋山涉水，来到了幕阜山区一个偏远村庄，在这里举办阿春作品研讨会。据说这里是设在最偏远山乡的一个市级创作基地,起名“作家村”。地虽偏但景却美，山高且奇，水清而秀。村头一棵巨大的甜楮树，绿色葱茏，冠盖蔽日。村中一幢绣花楼，雕梁画栋，异常精美。村外小河边还有一座“述善桥”，为过往行人遮风挡雨。从古楼门楣上雕刻的“东来爽气”“先承萤案”牌匾看，历史上这里还有一个崇尚文化的儒商之家。把作家村建在这里，还真是煞费苦心之举。阿春请来了几家国家级著名杂志以及来自全国各地的三十多名作家、评论家，这对一个路隔遥远、地处偏僻的深山沟里来说，不啻是一次空前的文学盛会，难能可贵，地方应如何对待就不需多说了。不料当我前去参会时，眼前的情景却令我瞠目结舌：竟然没有一个单位在办理会务！负责报到及安排吃住行的是阿春的一个朋友。当天晚餐就在一个很是简陋的酒店招待与会人员，不见一个哪怕是当地最小的官员出面。整个活动主办方虽是来自首都、省会的单位，承办方却像是个人所为，看不到有单位组织。情急之中，阿春只好请我为之主持。我坐在饭桌的主位上，心中五味杂陈，怎么也没有想到会出现这样的尴尬场面，最起码作为热情好客的幕阜山里人，怎能慢待了远道而来的贵客呢？我只得要阿春临时买来当地的土酒，以一个老者的身份，代表山里百姓，虔诚地向客人们敬上一片心意。

我无意责怪任何人，也不想去为一些事情理出个头绪。我只是怀着深深的敬意，向那些大山的子孙们表达自己的感情。面对一座文化富矿，他们一个个在挥锄握镐，乐此不疲地挖掘。尽管他们没有掌握组织开采的权力，手中没有威力强大的挖掘机械，但他们以一颗赤诚之心，以弘扬民族文化的担当精神，以文化人神圣的历史使命感，在不遗余力地奔走呼号、为民请命，在凭借自己有限的力量尽其所能，积小善为大行，岂不令人肃然起敬?

“魂”为何物?我想魂的构成一定有其特殊的元素。一个人的灵魂，即他身后的名声，取决于他生前的品行，是仁义礼智信，还是奸邪恶毒蠢；一个家族的族魂，则必有多个代表性人物的言行，组合成固有的家训家风；一个国家民族之魂，更是由成千上万个忠魂义魄组成。正如鲁迅说的：“我们自古以来，就有埋头苦干的人，有拼命硬干的人，有为民请命的人，有舍身求法的人。”“这就是中国的脊梁”，就是中国魂。

遥望幕阜群山，我似乎看到了许多如仙老、红君和阿春那样的人物，在山野间奔走。宁河之滨，有古琴的声音低沉回响；湖山脚下，有花灯锣鼓高亢奏鸣。“山谷”

诗会早已展开悠扬的韵律；“溪流”文人正在耕耘故土红尘。而在山的那一面，更是呈现出轰轰烈烈的景象，“墓葬伏羲”之地，清人李元度的后裔们，用他们的力量，描绘了一幅雄壮的“天岳”画卷，将伏羲、女娲、舜、禹文化铺展；龙窖（药姑）山中，瑶祖故里大观园开园迎宾，把千家峒母性文化书写；汨水、隽水之滨，已是龙舟竞发、百舸争流，将屈子、嫦娥、龙犬、凤凰文化搞得风生水起，沸沸扬扬。在我接触的那些文友中，极少有专职人员，都是些民间人士，有企业主、经商务工人员，有独立的作家、书画家，有离退休干部，有业余兼职的教师、医生、机关工作者，有男有女，有老有少，他们不需安排，不求报酬，只为传承民族文化尽一点心、出一点力，他们是幕阜文化的使者，是真正的山魂。

我的担忧不无道理，仙老的一片赤诚，还是没有得到应有的回应，甚至可以说是乘兴而来，败兴而归。

清明时节，南方山区的天气总是令人琢磨不透，眼看着天晴气朗的，雨水说来就来，故民间有“春天孩儿相”之说。座谈会终归还是召开了，那天的会议分两个阶段：上午讨论如何加强文化建设问题，听取大家的意见建议，有领导参加，会议开得还好；下午专题研究地方剧种申报国家文化遗产事宜，我因是外行，谈不出什么意见，刚好有件要事要办，所以没有参加，为此我还特地向仙老做了说明。谁料我出门不久，就遇到了一场大雨，把我堵回了酒店。一到住宿的楼层，就听到仙老在房间里大发脾气，我跑进去一看，他站在房中，对着几个来自北京、上海、南昌的会议代表吹胡子瞪眼，脸上气得铁青，两腮随着嘴唇的开合不停地颤动。听了半天我才搞清楚，原来是下午的会议没有开成。会议代表按时进入会场后，左等右等，当地有关部门竟然没有一个人到会。“都有工作，都很忙，”仙老声音很大，却也透出了无奈，“就我们吃了饭没事找事！”好久以后，才有个工作人员打来电话，说下午没人来了，你们自己讨论吧，仙老说：“下午是要研究申报的具体事情，会后要你们抓落实的，领导不来可以理解，你们不来，我们讨论了有什么用啊？”电话里说：“就请你们安排一个人记录下来交给我们吧。”仙老环顾左右，参加会议的人中，最年轻的都已年近七旬，叫他能忍心安排谁做记录？就这样，在大家一片愤然叹息中，只好罢会了。当然这样的会罢了无所谓，没有谁追查责任的，只可惜一个宝贵的提议，一个非遗项目的申报，一群走出大山的赤子心愿，也就胎死腹中了。就连两个仙老请来的申遗专家，也是摇头苦笑，无言以对。

我真的很同情这群老人，他们不知道，类似的现象其实并不罕见。比如有一次我应邀出席某省会城市的一

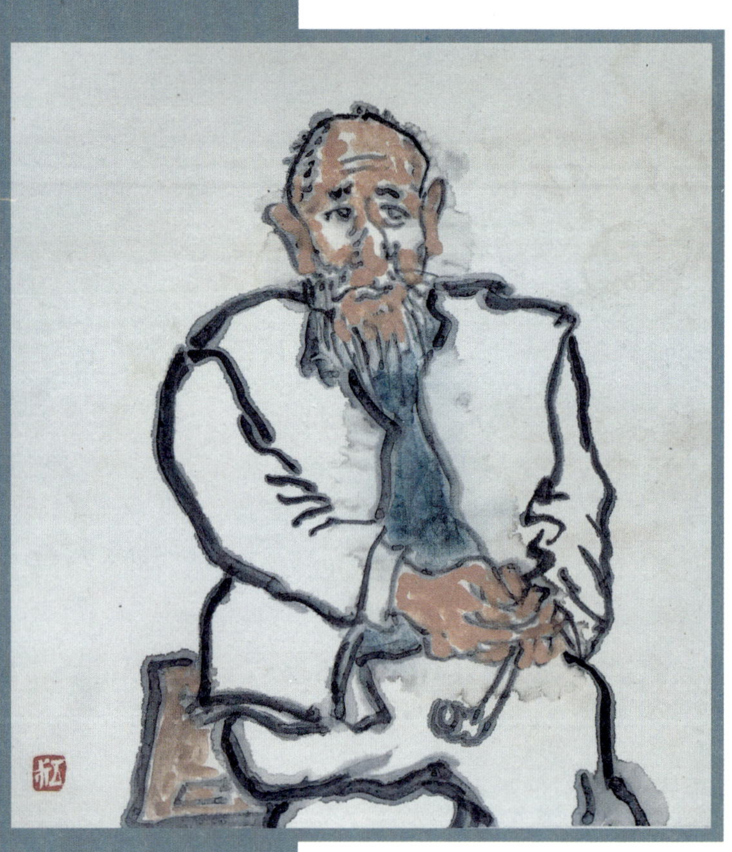

个京剧活动，那郁闷的心情就久久拂之不去。省城有一个退休的京剧演员，人称“旦姐”，为弘扬国粹，传承京剧文化，她甘愿发挥余热，拿出所有退休金，成立了一个少儿京剧社，免费招收学习京剧的小学生。几年后，她的事业蒸蒸日上，不仅有源源不断地前来参加培训的学员，而且还在几所学校开设了京剧班，培养了不少人才，少儿京剧社选送的表演节目，还获得了“小梅花”等国家级大奖。旦姐的不懈努力结出了硕果，也引起了相关方面的关注，一个金秋时节，由中国京剧艺术基金会组织的参观考察组走进了省城，来人中有著名京剧表演艺术家张建国、吴江、王立军等，都是平时很难请到的知名人士。少儿京剧社的孩子们进行了精彩的汇报演出，然后召开了专家座谈会，听取专家意见，畅谈京剧艺术的普及推广问题，并签订了“传承的力量——京剧中青年教师深入基层进校园资助计划”协议书，以名家的力量帮助少儿京剧社发展壮大。这么大的一件好事，到场的竟不见一个行政领导，就连基层相关部门的工作人员也没有看到，整个过程成了一个纯民间活动，我这个退休老人反倒成了座谈、陪同的“最高首长”，十分勉强地在撑场子。好在名家有名家的胸怀，他们只为支持文化事业，不会计较来了什么人。可是作为一方土地，作为土地上的花草树苗，是多么需要来自多方的营养水分啊！缺少了浇灌培育，哪一颗小苗又能茁壮成长呢？

我还是喜欢看山。我试图读懂某一座山，但是功力不够，无能为力。我有时想，高明的古人也难读懂，不得不发出“横看成岭侧成峰，远近高低各不同”的感慨，即便如唐人张锡，说“山之妙在峰回路转，水之妙在风起波生”；或宋之郭熙，能按四季描写山景：“春山淡雅而如笑，夏山苍翠而欲滴，秋山明净而如妆，冬山惨淡而如睡”，也是挂一漏万，只能道出山之一斑。久经琢磨，我方从一块山石上，略微悟出了一点真谛。那块山石其实是一座石山，就排列在巍巍群山之中，属上好的花岗岩地貌，极具开采价值。于是在一个早晨，采石工人上山了，随着隆隆炮声和铁锤钢钎的敲打声，很快一车车石料就运出了山，当然一把把票子也就进入了某些人的口袋。可那座山体就像被残忍宰割了的伤疤，溃烂般地呈现在人们的眼前，站在绝顶望去，那座山好像在痛苦地扭曲，山风吹来，似在凄惨地哀嚎，是那么令人恶心、惨不忍睹。山的苦痛唤起了山民的愤怒，他们大声呐喊，他们四处奔走，费了好大的劲儿，经过多次较量，采石工程才被制止。这一场破坏与保护的争斗，使我明白了一个道理，真正爱山、疼山、护山的，还是山民，他们才是真正的山魂。那些与山无关的人，是缺少对山的感情的，是不知山的痛痒的。他们所做的，是得过且过，“做一天和尚撞一天钟”；他们所想的，是如何“为悦己者容”；他们所需的，是自身的索取。至于山的过去、现在和未来，似与他们无关，他们只是山中过客。

我终于明白了，山有复杂性，山有深奥的哲理，山是读不懂的，山也无须读懂。值得欣慰的是，我通过苦苦寻觅，终于找到了山魂，而且越找越多，成群结队，遍布四方，站在高处望去，那棋盘格子似的山野里，山魂是那么清晰活跃地在行走游动，山似乎因为有了他们，更加魁梧雄壮，更加意气风发，更加慈祥善良，更加笑逐颜开。

我立于山巅，充满幻想，期待有朝一日化为一缕清风，融入山中，变作山魂。

（2020 年 1 月）

神医李存忠

一张照片，显然是放大的加彩的老照片，灰蒙蒙的，约两尺见方。照片上端坐着一位老人，身穿旧时长袍，头戴瓜皮帽，略长的脸上挂着微笑，高挑的浓眉下，一双大眼睛里充溢着温柔善良，使人一见就觉得异常亲近。

这张照片挂在一堵破墙的边上。墙的中间位置是神像，下面安放着神台，供奉纸烛香火，神台前是一个约十来平方的小厅。看得出这里曾是一幢典型的江南旧民居，南北朝向，背山面水，上下两重，东西两厢，中间一个天井，整齐有序，不失儒家风范。只可惜如今这个院子已然破落，大多数房间已经倒塌，剩下的也是东斜西歪，难挡风雨，唯有那个花岗岩条石扶就的大门，连同高耸的门头，还是那么倔强地挺立着，门框上方，镶嵌着一块长方形的青石板匾额，上刻“李存忠故居”五个大字，彰显着屋主人的赫然名声。

我是怀着崇敬的心情，特来拜谒这座屋子已故主人的。

车子越过幕阜山脉的南楼岭，顺着逐渐平缓的山地，便来到了湖北通城县一个叫麦市的地方。我本意是想来探古访幽的，因为早就听说麦市即麦城，说关羽失了荆州走麦城，就是走到了这里，并且旁边还有一个村叫关刀村，说是关羽被东吴陆逊所擒，那把青龙偃月刀在这里藏了好久。可我想这麦市离荆州少说也有四、五百公里，即便是关二爷那匹名驹赤兔马，一时半会儿也难走到啊！就问通城朋友，朋友说这个传说是假的，所谓麦市，是说自古以来，这块小平原就以种植麦子为生，每年麦收季节，方圆百里都来此地做小麦交易，久而久之，这里便被称为“麦市”。我问那关刀又做何解？朋友说他正是关刀村人，听老辈讲，传说关云长大战长沙，用拖刀计擒了老黄忠后，奉皇叔之命挥师北还，驻守荆襄，路过此地，稍作停留，造饭山坡，饮马隽水。云长坐于水边歇息，将青龙偃月刀放于身旁一块巨石之上。当将军提刀跨马再上征程时，那块石上便留下了一个大刀的压痕。打那以后，人们便把河边的村庄称为“关刀村”。

我想古时由长沙到荆襄，取道天岳关，确需路经这里，这个传说倒还有点道理。于是便想去看看那块石头，不料朋友说这只是祖辈流传下来的故事而已，那块石头他也未曾见过。是啊，沧海桑田，那块石头也许只是个传说，也许早被埋进沙土深处去了。我于是也打消了访古的念头，怀了一腔惆怅，往麦市镇而去。

麦市镇坐落在江汉平原的最南边，从黄龙山北端汇聚而成的隽水，到这里已是一条奔腾不息的小河，从镇子边上弯弯曲曲地流过。河的两边，散落着一些村落，掩映在桃红柳绿之中，点缀于青峰峻岭之下，宛如一副秀美山乡图。我猛然想起，就在这些村落之中，有一个令我终生难忘的地方——李家庄。只是时间久远，和几乎所有地方一样，已是变迁巨大，面目全非，我真的难以找到它的位置，就连方位也搞不清楚了。

“你说的是李存忠的家吧？”朋友问我，口气异常的肯定，而且立马露出了兴奋的表情。

李存忠，一个非常神奇的人物，在幕阜山区方圆数百里都享有盛名。他是一位老中医，专治跌打损伤，以接骨医术最为著名。无论骨头断到什么程度，他都是手到病除。人们说他有三大神奇：一是有预知。病人没到，他就招呼家人做好准备，说今天有重伤员来，或是有远方来人，要附近的病人让一让。人说他有“耳报神”。

二是看人说话。如果受伤的是个好人，他会劈头盖脸一顿臭骂，当然旁人听得明白，都是些责怪痛爱之词；如果是个品行不端者，他就不说话，顶多也就冷冷地问两句，翻一下白眼。人说他会算命。三是会“寄痛”。说他为好人接骨，一点也不痛，把痛都寄到某个物件上去了。特别是小孩，接骨之前，他从口袋里掏出一块糖，对孩子说：“别怕，不痛的。”说着用手把孩子的眼光引向窗外一棵树，或是屋子里一把椅子，笑着说：“我把痛呀，寄到它的身上去！”一边说，一边咔擦两下，那骨头竟就接好了，再看孩子，正在津津有味地吸吮着糖果呢！当然，倘若是个品行不好的人，他就故意不寄痛，非要让他难受不可。

就这样，李存忠越传越神，去求他治病疗伤的人也就越来越多，他家门前常常是轿子排成长队，一天排不上还得等到第二天。记得在我十四五岁的那一年，我父亲因为帮邻居家灭火，提水上房时从屋顶上跌下，左手粉碎性骨折。我便请了两个轿夫，用一把躺椅扎成个轿子，步行四十里，翻越南楼岭，送到了李家庄。

那时的李家庄，是人们心中的圣地。它的周边，是成片的田野，成群的树木，不像现在村落遍布。那时的屋子也是尽显鄂南风情的小屋，砖墙瓦顶，八字石门，檐角四齐，天井居中。也不像现在，统统是方形小楼。

有时我想，我们只是常讲举国上下要统一思想，可从没讲过要统一建筑样式啊！常讲的不一定做得到，不讲的倒是做得这么好，真的不得其解。且说我们那天半夜起身，翌日上午巳时时分到达，幸喜病人不多，很快就轮到我父亲了。李郎中有规定，治疗的房间别人不准进入，我们只好在外厅等候。果然先是听到李郎中在里面破口大骂，接着是一阵窸窸窣窣的声音，不一刻，就见我父亲走了出来，左手用绷带吊在脖子上，接骨的大臂处，绑着两块修剪好的杉树皮，四周边上还露出敷药的痕迹，黑乎乎的。右手拿着一包药粉，说李郎中有交代，回去后用水调稀，每天用鸡毛涂抹在杉皮夹板四周，使之渗入里面。还有一包口服药。我想大概俱是一些消炎止痛的土方子罢。我连忙找人付钱去，哪知工作人员说，李郎中从不收钱，你若想表示心意，买点香火纸烛送给他敬神就行了。其实我早有所闻，以前只是将信将疑罢了。我至今不得其解，他给那么多人治疗，用了那么多的药品和杉树皮，成本钱从哪儿支付？再说他以此为业，还要养活一家人啊！

自那次送父疗伤后，我再没有去过通城麦市，自然更没有去过李家庄，算来已有四十多年了！但四十多年来，那座小屋，那位个子不高、动作不快、看上去慈祥温和、颇招人喜欢的郎中，却一直刻印在我的心里，教我怀念，引我追忆。

远远的我就望见了那座小屋，还有小屋门前的那块水田。还不到时节，水田里没有禾苗，只有一簇簇青草，好奇地长在高出水面的泥巴上。间或有几只戏春的鸭子，依偎在水中，偶尔伸出粉红色的鸭嘴，深情地亲吻着泥水。那划起的双蹼，和疯狂摆动的尾巴，撩开一圈圈涟漪，荡起浓浓的春意。水田后面便是李存忠故居，东侧是一幢崭新的两层小楼，几个大人小孩在楼前地坪上休闲。我走近一个小伙子，问他："这里可是李存忠家？"小伙子说："是的。"我又问："那李存忠是你的爷爷？"他笑着说是他爷爷的爷爷！我说："你爷爷在家吗？"他说在，我叫他把爷爷请来，一边快步朝那栋故居走去。

小伙子的爷爷叫李道德，是李存忠的长孙，今年八十二岁了。我于是问起了李存忠的嫡传弟子——他的第二个孙子李道保，李道德说道保前几年已故去，他在通城县城开的接骨专科医院，已由孙子接班管理。我见李道德，瘦小精干，步履稳健，鹤发童颜，目光炯炯。他问明了我的来意，也甚为感动，一边带我参观，一边热情做着介绍，还反复强调他其实也传承了爷爷的医术，经常在家帮人接骨，且只收药品费，不收其他费用。说着便到了他新家的厅堂，那里也设有一个神台，供奉着李存忠和药王菩萨的灵位和塑像，也有几幅照片。我默立于案前，心中满是对这位神奇接骨名医的敬意。我看着李存忠照片上那双平放在膝上的大手，想这双手曾经接好了多少折断的骨头，解除了多少黎民的痛苦！对待每个病人，尤其是贫困病人，他是那么关怀，那么慈善，那么无私，那么尽心。而一个这么难得的郎中，却藏在深山自生自灭，好像并未引起哪级政府的重视和支持。想我们传统文化的博大精深，不知有多少是蕴藏在民间的？不知有多少个李存忠、张存忠、王存忠……被忽视被淹没了？这难道不是一个发人深省的问题吗？

伫立良久，我才从岁月深处走出，长叹了口气，点起三炷高香，面向亡灵，恭恭敬敬地鞠了三躬。

（2017 年 12 月）

母爱，剪不断的脐带

都说世界上最伟大的爱是母爱。

母爱是什么？是温馨怀抱里吸吮的乳汁？是饭桌上狼吞虎咽的佳肴？是你生病时她那惊恐万状的两眼泪水？是帮你拭去辛劳汗水时的一条毛巾？

母爱，真的包罗万象，无所不在！

几十年了，每当我回到山里，伫立在母亲的坟前，望着那一堆被青草覆盖的黄土的时候，我还是感到有一种母爱洋溢在心间，使我浑身充满力量。

我有一个生就的毛病：胆小、自卑，且很倔强。小时候我常常不愿上学，原因就是家境清贫，穿着破烂。夏天一件黑褂子，白天穿晚上洗，无衣可换；冬天的破雨鞋总是进水，又湿又冷。下雨天，稍微有点钱的都是打雨伞上学，我却只能戴斗笠，到了学校，浑身上下都湿透了。一次我实在没有换洗的了，母亲就缝补裁改了她的一条裤子，叫我穿了上学，结果被同学们看破了，好几个人笑我，羞得我无地自容。俗话说“人穷志短，马瘦毛长”，在学校里，我总是自我封闭，极少与同学们来往，老师也是嫌贫爱富，喜欢亲近富家子弟，疏远穷人孩子，对我多采取听之任之的办法，即便某门功课成绩不错，抑或做了一件好事，也很少得到表扬。久而久之，我也上了倔劲儿，管自读书，寡言少语，懒得与人交往，成绩也只能在中游浮动，属于不好不差的那种，渐渐地就被边缘化了。

只有回到家里，回到母亲身边，我的性情才完全释放出来。母亲不仅尽力地把我打扮得整齐洁净，把衣服的补丁变成装饰形状，把鞋底鞋面做得平整光鲜，使我穿着虽破旧，但显得有精神，而且总是尽量满足我的表达欲，耐心听取我对学校生活的叙述。听到好的就夸奖，听到郁闷的就开导。即便有时我在吹牛，她也不说破，也不批评，只是笑笑而已。她一定觉得，我并不是调皮捣蛋的小孩，我身上那种怯弱的性格，需要的是鼓励、支持，最怕的是打击、压抑。作为孩子最亲近、最信任的人，母亲有责任帮助他克服弱点，打开心扉，走向阳光，融入社会。煤油灯下，母亲在缝补浆洗，我在复习功课。夜深了，我要母亲检查我的作业，尽管她一字不识，但当我朗读或是背诵课文时，她总要说上一句“读得多么好听！”当看到我的作业时，她就说“看我崽的字写得多好看！”我明知她是瞎夸，可心里还是充满了甜蜜。时间长了，我竟养成了一个习惯，一种凡事都要向母亲倾诉的欲望。甚而至于母亲去世后，我对我的进步、业绩都寡淡无味了，没有了向母亲汇报、与母亲分享的机会，我干得再好都觉得没什么意思了。

而母亲给予我的鼓励和爱抚，的确转化成了一种力量，支撑着我砥砺前行。

记得我读小学三年级的时候，学校里组织文艺演出队，到村庄巡回宣传演出。演出队员是先报名后挑选的，当时我心里非常非常想报名，可怎么也不敢开口，结果错过了时机。他们排练的时候，我和其他小朋友一样，一有空就爬到窗台上观看，看个几回，有些节目竟也学会了。第一次下村庄演出时，那个演单口快板的没说几句就卡壳了，带队老师急得不行，就在这时，我在人群边上合上双手做小喇叭，憋住声音为他报词，他才勉强把节目演完。这个小奇迹当场引起了轰动，很多人朝我伸出拇指，赞不绝口。第二天，老师就要我替代那个同学出演，并破例把我收进演出队。母亲知道这事后，别

提多高兴了，几次当着我的面，向来家里串门的乡亲介绍，且是绘声绘色，大力渲染，充满了骄傲和自豪。

到我该上初中的时候，“文化大革命”开始了，我已无法上学，便回家务农。那时乡、村叫公社、大队，村小组叫生产队，官方称作“三级所有，队为基础”。人们参加生产队劳动一律计工分，年终结算分红。人们出工，按劳动能力和劳动量区分等级，一般一等劳力每天计 10 分，依次递减。有句话叫“无独有偶”，有些事情就是这样不可思议，得意的人走到哪里都得意，倒霉的人走到哪里都倒霉。我一到生产队，又遇到一个强劲对手，这人年龄和我相仿，都是十四五岁，身体特壮，力气特大，又使得一手好农活，肩挑手提，犁耙耕耘，无不在行，的确是个好把式。而我呢？身小力微，不通农经，整个一个柔弱廋男。这样一对比，我就无地自容了。无论干什么农活，我都要比他慢半拍、少一分。插秧，他与一等劳力齐头并进，我就差一大截；耘田，他脚下泥巴深翻，不见半根杂草，我踩得浅，杂草压不净；割稻子，他能与男劳力编到一台打谷机，我只能与妇女老汉搞到一起。就连进山砍柴，回来的路上，他一担柴禾又多又扎实，小跑步一闪一闪，人和柴浑然一体，节奏自如地走村过寨，好不威风。而我呢？往往柴捆很小，捆得又松松垮垮，走到家门不散也不成整形了。所以，队里的大人们都对他赞不绝口，工分自然也评得很高，都在 8 分或 9 分，而对我就不客气了，工分打得低不说，还不时冷嘲热讽，个别人甚至不认为我是力不从心，而是人懒，“是个懒鬼”，这使我受到了莫大的屈辱，心里总想挣个先，也暗自憋着劲儿试过几回，可真的很无奈，还是比不过。

母亲对这些当然都一清二楚，看到我身不如人、心受委屈的样子，心里比我还痛苦。然而进了家门，她还是对我关爱有加，且用了她最能表达的语言，来鼓励我嘉勉我。她说我们不和人家比力气，能做多少做多少，别人怎么说不管他，嘴长在他们脸上，由他们挫牙膏骨头去。还说你喜欢看书，就多看，看多了总有用的，以后一定会比别人强。那几年，正是农村缺吃少穿的时期，尽管家里很穷，母亲还是设着法儿弄点好吃的，给我增加营养。家里冬天储存的一点腊肉，一般平时自己家人是舍不得吃的，可一到我干重活时，她还是要切下一块，偷偷地埋在我的饭碗底下。每次当我拖着疲惫的身子，放下挑柴的重担或是挖土的锄头，看到母亲端给我的一碗薯丝饭，我就看到了有肉吃的希望，看到了母爱的光辉，也看到了自己的潜能，坚定了自己的信心，增添了无限的力量。

这样的经历多了，我的自卑感便也逐渐消退了，胆量也不断加大了，诸如在学校的课堂发言、课文朗读、参加文体活动，在生产队里的写写画画、田头地尾读报、屋背山上广播，等等，积极性、主动性也都陡然提高了。别人做不了的我能做，别人也对我高看一头了，我的自信自强意识不知不觉在增强。以至后来，我竟成了生产大队、人民公社的活跃分子，演出样板戏，我被选入出演主角；公社的广播里，经常播出我的稿件。我真的成了乡村小名人了。

别看这都是些很不起眼的小事，谁能说在我几十年的奋斗生涯中，它不是起着举足轻重的作用呢？纵观我的仕途，从事几十年的宣传、组织、文化工作，担任多个岗位的领导职务，无数次的演说、讲课、发言、汇报、做报告，这些，既要有较深的文化功底和较高的自身素质，也要有足够的自信和胆识啊！而我的自信，我的胆识，最初都来源于我的母亲，源于她苦心孤诣的、涓涓细流般输送给我的力量，这力量是如此强大，如此牢靠，如此势不可挡，如此经久不衰！

母爱，看得见的是温情，看不见的是坚毅。

母爱，是在母亲与儿女之间，一根剪不断的脐带。这脐带源源不断地输送着营养、能源、力量，直到永远……

（2016 年 10 月）

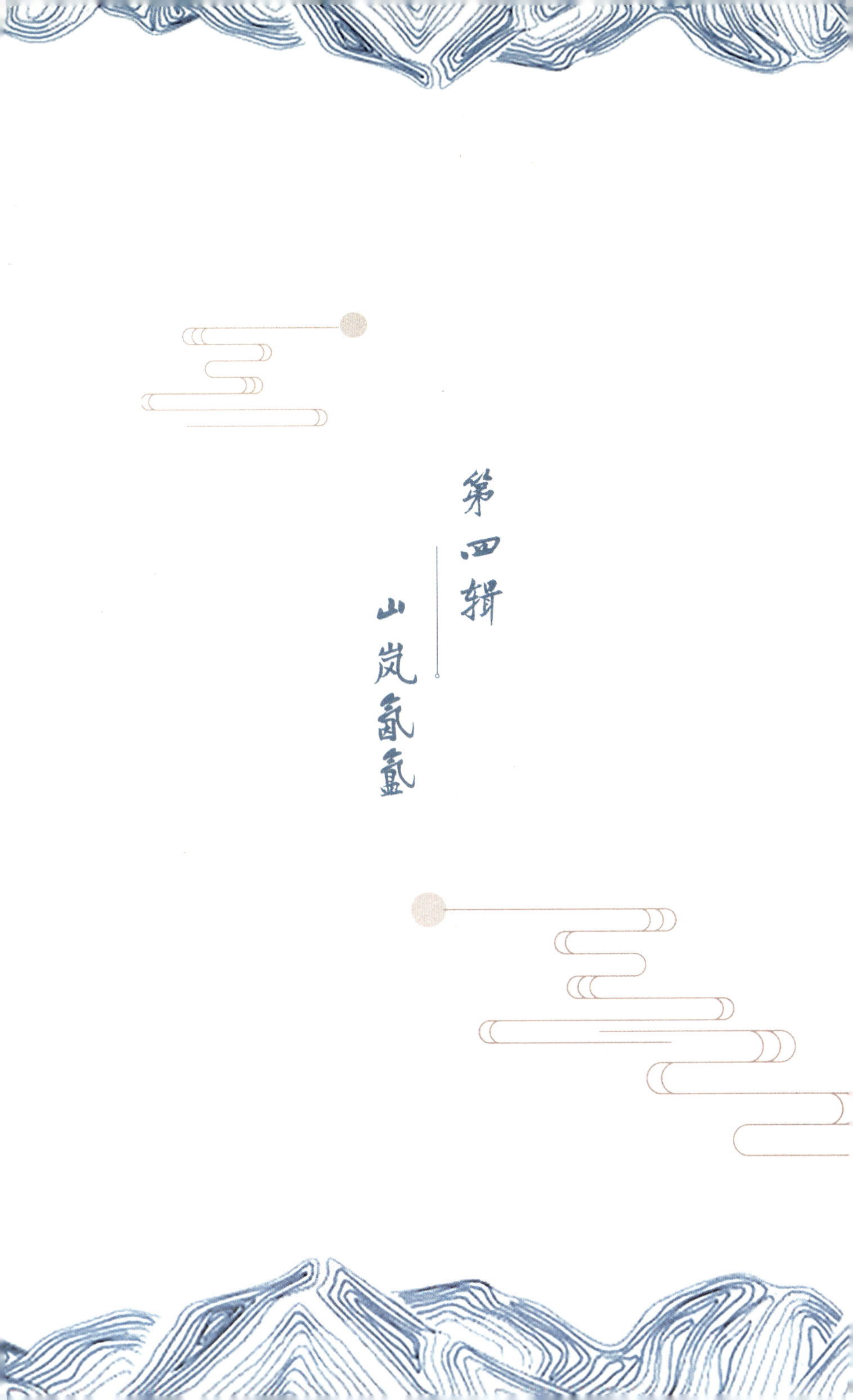

第四辑

山岚氤氲

篁岭问“路”

婺源我是常客了，少说也到过十多回。每次走进这个“中国最美乡村”，总有一种异常的亲切感，这也许与我的祖籍有关。从朱熹往下算十代，就是我们朱姓从婺源迁徙到修水的祖先，至今已历三十多辈了。不管是否牵强附会，我都认为地处幕阜山区的修水，许多方面是与婺源相似的。比如同样的山清水秀，同样的徽派建筑，同样有着耕读传家的文化氛围，同样讲究尚礼义守诚信的人际关系，等等。只是在近几十年的发展中，二者的差距迅速拉大，本来基础条件相似的两个地方，一个成了旅游胜地，一个还是老样子，对此我时常感到困惑不解。直到这次又来采风，夜宿厚塘山庄，晨登篁岭山头，石城观古枫，熹园参先贤，脑海里总是浮出“乡村振兴”几个字，想着是否有可供幕阜山区借鉴的地方，便不由得从满眼景色中，试图寻找出一条“路”来。

其实婺源并非生成的秀色，它不像大新疆的山、九寨沟的水、香格里拉的花海、呼伦贝尔的草原，有着上天赐予的醉人景观；也不像北京的故宫、曲阜的孔府、敦煌的莫高窟、鹰潭的龙虎山，有着先人留下的厚重的人文积淀。这里原来就是一个平常的山区小县，居住着祖祖辈辈日出而作、日落而息的忠厚农民。这里的山是平常的山，山上也是盘旋的梯田；这里的水是平常的水，弯弯曲曲沿着山脚流淌；这里的人同样是平常的人，秉持着几千年传统的教旨，晴耕雨读，优仕劣农，因此也有不少村庄高悬着“进士及第”“尚书府邸”之类的牌坊，都不是什么得天独厚的条件。然而婺源确实火了，确实成了扬名天下的旅游胜境，就是再挑剔的文人骚客，也不能不承认这里确实有许多诱人之处，来一趟确实不虚此行。这就不能不令人费解、引人深思，在美丽婺源的背后，必有一条“路”，一条发人深省、启迪灵感的乡村振兴的思路。

我无法深入婺源一探究竟，我也无能居于高端深度思考，从而归纳出一套“婺源经验”来。我只能从寻觅者的角度，以管窥蠡测的视野，对婺源发点感慨，吐点衷肠。

于是便想到了篁岭。

篁岭的美，以春秋为甚。

春天到，满山的油菜花便盛开了，沿着层层梯田，蜿蜒曲折，依山铺放，直达远处的原野，煞是壮观。这样铺张奢侈的景致，的确绝无仅有，以致成为婺源一张响当当的名片。这个思路，不能不令人拍案叫绝，油菜乃极普通的农作物，花也是开在春风里，与众多花儿并无两样，然而一旦有了阵势，便产生了惊人的规模效应。听说在婺源，早年就有号令和政策，几乎所有土地都要种油菜，政府给予补贴，使之覆盖全县。春天进入婺源，犹如进入了花海，花色花香使人陶醉。

到了秋天，篁岭又一个独到的景色形成了，那就是“晒秋”。就在山岭上那些高低不平、迂回曲折的石板道边，坐落着一幢幢陈旧矮小的民居，组合成一个小镇一样的村落群。那些民居多为徽派结构，白壁灰瓦，马头骑墙，所不同的是每家二楼都用几根木头搭建起一个挑出的平顶，用来搁放晒具。我想这便是村民们智慧的结晶，在一个地无三尺平的山岭上，想出了这么个晾晒物品的好办法。而到了秋天，当他们用一个个圆形的大簸箕，把红的辣椒、黄的大豆、金的玉米、白的山药，随手往挑顶上一晒时，他们怎么也想不到会晒出一个

“秋”来。这委实要感谢那位摄影师，为他捕捉到的那张不朽照片起了个不朽的名字：晒秋！于是在篁岭，秋就赋予了特别的意义，添加了深邃的内涵。

我沿着这春华秋实的景致寻找，直找到三十年前，去探访篁岭的前世今生。

有一个人，我称之为智人。也许从一定的角度看，还可谓之高人。当然在二十世纪八九十年代，这样的高人在中国委实很多，却也委实难得。这个人顺着一股东风，飘上了篁岭。那时的篁岭，真叫穷乡僻壤，地是“挂壁地”，屋是“挂壁屋”，留不住水，长不出苗，真是个拉屎不生蛆的地方。几十里陡峭的山路，像一根绳子，把个“穷”字牢牢地拴在了山头，却把个“富”字远远地拖出了山外。村民们的出路只有一条，那就是离乡背井外出打工。而这一来，山岭上就只剩下一些老人小孩，更显孤戚，更加荒凉。你看，这样的景象，在山区乡野，该有多少、该是多么屡见不鲜啊！那个高人，也就是当时的江湾乡党委书记，带着一个商家，一个心怀大志、腹有良谋的非凡人士，来到了篁岭。书记把篁岭交给了商家，商家开始绘就篁岭的蓝图。

商家的第一步，是在篁岭下面建起一个新村。新村建在一条小河边，背后是一片原野，有着肥沃的土地。河水很清澈，透过汩汩流淌的清流，铺满鹅卵石的河床

和长满水草的河岸清晰可见，小白鱼、小鲫鱼、小泥鳅们在水草间欢快地游弋，偶尔有一块巨石矗立河中，溅起朵朵小浪花，与鱼儿一起跳跃起舞，小河便充满了生机活力。在商家和书记的动员下，篁岭的村民们下山了，他们敲着锣鼓，放着鞭炮，欣喜地住进了新村，尔后以农民工的身份，领着工资，在商家承包的篁岭上种地。一些外出打工的也纷纷返乡，过起了“朝见父母晚见妻”的传统日子。

篁岭的村民们以为就此告别了不毛之地的居所，开始了久已渴盼的恍若城里人的新生活。以前在山上巴掌大的梯田里耕作，牛屁股都转不了身，憋屈得很，如今乡、村划分给他们平整阔大的田地，在这里犁田耙地，收放自如，简直就是享受！然而不久，他们却又戏剧般的上山了。商人在他们陈旧得几近破败的祖屋里下起了功夫，外边看去，还是那些参差不齐的屋宇，还是那么曲里拐弯的街道，还是上岭下坡、高低不平的石板小路。可道路修整了，屋子结实了，墙刷白了，瓦换新了，家家屋里一番装修，竟修旧如旧，成了旅游休闲的民宿村居。在绿树繁花的衬映下，整个村落群别开生面地矗立在篁岭山头。春天，它与倾泻而下的油菜花起舞；秋天，她把五颜六色的果实“晒”进无数个相框镜头。昔日破败不堪的荒山野岭，一举变成了美不胜收的旅游佳境。

于是昔日的贫苦山民，也转变成为新时代特别的“员工”，当起了游客的房东、导游、模特……

篁岭的变迁，使我想起了一位前辈对井冈山革命斗争的一句名言：“上山伟大，下山也伟大。”我想篁岭这个小小的山头，折射的是一个引人深思的课题。篁岭山民的下山上山，岂止是简单的搬迁？而是乡村振兴的一个样板啊！立足实际，发挥特色，引入资金，挖掘智慧，这便是明智之举。精准扶贫，农村脱贫，靠的是造血，不是输血；需要的是好路子，不是给票子！从这个意义上讲，篁岭人岂不也是“下山伟大，上山也伟大”么？

下了篁岭，晚上宿于厚塘山庄。这里又是一处上好景致！几幢古建筑，慈祥地闲坐在小桥流水、戏台亭榭之间，偶有数间茅庵草舍，伴以老树枯藤，尽显汉唐韵味、魏晋风度。据庄主刘先生介绍，这里原是一所废弃的学校，建于一个荒郊野岭，属附近塘村所辖，是村里招商引资改建而成，现由他夫妇打理。因婺源是朱熹故居，刘先生把山庄主题定在弘扬儒学上，不仅要打造特色旅游休闲场所，还要开办学堂，培植文风书香。我下榻的房间就起名“葛庐”，还标明“羽扇纶巾旷世才”，使我一入住，就有身沾文气之感，顿觉气宇轩昂，身手不凡。

夜深了，我却毫无睡意，便披了外套，推开一窗明月，沿着山庄小路信步而行。但见水中繁星闪烁，草丛蟋蟀唱鸣，路边树影婆娑，码头墙角挑空，好一个洁静秋夜，好一条平坦小路！我不由得感叹起来，是啊，“地上本没有路，走的人多了，便也成了路”。如今大业阜成，新绩待举，是多么需要众多开路者，拓出通向美好明天的阳光大路啊！

（2017 年 11 月）

取景

如今城里人进山，一个共有的习性，就是喜欢拍照。以前受到照相设备和技术的限制，多数人只能望景兴叹，徒羡摄影家的作品。现如今手机的照相功能十分了得，像素不断提升，且无须学习专业技术，傻瓜都能拍得呱呱叫。所以，到了风景区，或是遇到新鲜事儿，人们便纷纷高举手机，好像承担了重要任务似的，拍个不停。城里人看腻了钢筋水泥森林，见到山里的风光，恨不得把手机撑死。

山里的风景真的很多很美，无论是巍峨的山峰，还是潺潺流水，抑或一草一木、一沙一石，都是那么生动那么多姿，叫人如获至宝，不忍放弃。

拍山里风景，自然离不了村庄。我总是忆起幼时的故乡，山根脚下，田园尽头，便有或大或小一个村庄，村前是静静的水塘，村后是茂盛的竹林，村头还会偶见一两棵硕大的樟树，那是乡亲们端着饭碗相互夹菜嚼着日子的场所，也是孩子们打闹嬉戏尽情成长的地方。那磨得发亮的树干树枝，和树底下踏得板扎的土地，正是老爷爷口中刻下的动人故事，和孩子们用天性写下的宝贵作业。特别是家家户户屋顶瓦片上飘出的炊烟，洁白温柔，依时而现。或袅袅上升，腾空而起；或摊开一片，依偎铺陈。烟飘之时，便有阵阵饭菜的香味，扑鼻而来，闻之味蕾顿开，别有情趣。不管日子是苦是甜、生计是难是易，那一代接一代的农家人，就是那样接续着各自的香火，传承着特有的文化。

那图景存在我的心里，挥之不去，抹之不掉。

人的秉性总是趋美避丑。比如选址建屋，自古以来就是依山傍水，坐北朝南，讲究视野开阔，风景秀美，树木掩映，鸟语花香。房屋建筑也是青砖黛瓦，画梁雕栋，地域特色彰显，南北风格各异。每想到这等景致，脑子里总是浮现出古人的绝佳诗句，如：“绿树村边合，青山郭外斜。”“枯藤老树昏鸦，小桥流水人家。”“千里莺啼绿映红，水村山郭酒旗风。”还有“远上寒山石径斜，白云生处有人家。”“红叶满寒溪，一路空山万木齐。试上小楼极目望，高低。一片烟笼十里陂。”等等等等，便会陶醉其中，不能自拔。

陶醉在怀旧之中，总是有些悲凉沧桑的感觉。因为怀旧的起因，无外乎是失落。美好的东西令人眷恋，一旦失去了，便成了永恒的怀念。一如这山村的美景，在我们这个文明古国，传承了数千年，不料现如今却如风卷残云、水冲沙坝，竟然消失得踪影全无，即便在哪个地方还有那么一零半爪，也是摇摇欲坠，苟延残喘。出现在手机取景框里的，变成了无数的小洋房。这些屋子模仿城里的别墅，却又缺少别墅的建筑风格，也毫无别墅所拥有的花园小景，更遑谈别墅应有的精致文化。它们站上了乡村舞台的主要位置，杂乱无章，连绵成片，大量占用良田，紧靠乡村公路，合面而建，把残存的一点老屋挤压在角落里，看上去是那么落寞那么无奈，有的干脆把它改成家族的祖堂，倒也别出心裁，稍见屐痕。

这真是令人哀叹的事。

光阴的速度总是很快的，快到人的思维怎么也跟不上。这几十年的变化，就令几乎所有人都瞠目结舌。从城乡建设的角度看，最大的“收获”就是抹掉了所有的地方特色，变成千篇一律，千人一面。走到哪个城市都是高楼大厦，你拥我挤，好不壮观。现在又轮到农村了。农村人先是拼命往城里挤，但那个门槛委实太高，不少

人还是独力难支，挤不进去，只好还是无奈做个农村人，可那心里总是有个结解不开，于是便踮起脚跟向城里人看齐。以前农村人用稻草石块擦屁股，看到城里人用纸了，他们也跟着学，可等到他们用纸擦屁股的时候，城里人又用纸擦嘴了；以前农村人自己种菜，看到城里人买菜吃，他们也不种了，也去买，后来看到城里人在屋顶上种菜，这才醒悟过来，知道买的菜不环保，还是自己种的好。我每每看到农村人学着城里人，早上走路跑步，晚上放个音乐跳着广场舞，搞出一身大汗，我就对他们说，城里人没有土地，只能搞这些活动，农村的地都在撂荒，你开出一块来，种点菜种点粮，这样的锻炼与劳动合为一体，一举两得，远胜过走路跳舞啊！你看那些大同小异的房子，全是粗糙的平顶方块，简直破坏了秀丽的山水景色，就像在水墨画上信手涂鸦，不都是邯郸学步吗？

我多次站在老家祖堂门前发呆。过去我的祖堂位于一座典型的山乡村落，后来随着家家户户新房的盖起，老屋很快便搬空了，成了“空心屋”，很快又一间间地倒塌，终于在“新农村建设”运动中被拆除。现在只留下一个共有的祖堂，若不是搞了点资金进行整修维护，这个唯一可供族人集中办事的地方，恐怕也已不见踪迹了。我试图找个责怪的对象，可很难找到。看到那些杂乱无章地建在水稻田里的幢幢小楼，我想责怪父老乡亲，可他们有错吗？老屋虽好，但有许多是阴暗潮湿的平房，凡是有条件的，谁不想改善一下居住环境，享受“楼上楼下电灯电话”的舒适生活呢？何况他们要盖房，地基是要乡镇政府批准的，还要付出一笔地基费呢！当然地方政府是有责任的，没有建设规划自然会乱套，允许占用良田更是贻害无穷。记得在二十世纪九十年代中期，我曾经建议乡里的领导，对农村房屋建设做个整体规划，在中心地段集中建房。除了现有可供建房的外，沿山梁辟出梯形地基，既可弥补农民建房之需，又不占用农田。然而当时的乡政府也是一贫如洗，竟到了赊欠餐馆的饭钱都无力偿还的地步，搞得来了客人餐馆拒绝接待，试想何来财力投入基建？等到财政状况好转了，却已生米煮成了熟饭，只能望“屋”兴叹了。

我总是想到过去有一张关于“新农村建设”的宣传画，画上配了一首诗，记得几句：“八字头上一口塘，两边开渠靠山旁。中间一条机耕道，新村盖在山坡上。”我就想，那是很符合江南丘陵山区特点的一幅新村蓝图，即使不能千篇一律，也应该因地制宜，依山傍水，参考这张蓝图做好规划，最起码不能把基本农田占用了。不知为什么那个设想一直停留在纸上，江南山村，还是“风景旧曾谙”，教人“怎不忆江南”？

于是我又想到了秩序。

行走在山乡，我常常怅然若失。衡量社会发展好差的重要标志，就是社会秩序。社会秩序的遵守，需要科学合理的管理，管理得当，社会才能依照客观规律，有条不紊地发展。至于依靠人们的自觉，千万年的历史已经反复证明，是极端靠不住的。而秩序一旦被打乱，人们的思维惯性便难以止步，便会朝着无序的、破坏性强的方向下滑。一如现在的乡村，杂乱无章已成既成事实，乡村美景已被破坏殆尽，要想推倒重来已是不切实际的幻想，只是盼望赶快刹车，坚决停止占用良田建房，保住子孙赖以生存的一点可怜空间。至于承载传统文化的那些老屋、古村，我们就只能站在废墟前伤心哀悼了！

我举起手机，只见取景框里满是惆怅，一片迷茫。

（2016 年 7 月）

雨水三题

咏雨

今年的雨水特别多，从三月中旬起，雨就下个没完没了，江南许多河流都在暴涨，不少地方已发出抗洪救灾应急响应，看来形势不容乐观。

我因退休赋闲在家，不需要像以往那样做起冲锋陷阵的准备，便按计划回到了山里老家。

山里也在不停地下雨。

山里的雨与外面不同。倾盆之下，稻田里便鼓起无数的泡泡，继而是无数大大小小的玻璃般剔透的水杯盏，别有风味。屋檐的雨水瞬间汇聚成溪流，顺着水沟欢快地向小河里奔去。小河的水面变阔了，水流湍急了，翻着个儿朝山外奔去。忽而，老天似乎下累了，要歇口气，雨小了，门前的水泥地场上，撒芝麻似的满是点点水花。园子里的蔬菜，经受了雨水的沐浴，叶儿更加嫩绿，瓜果更加愣青，真个是青翠欲滴。村西头的荷塘里，宽大的荷叶不断地承接着小水珠，那些晶莹的珠子，正在荷叶上起舞弄影，婀娜多姿；也有的似在注目凝思，静若处子。点缀在荷叶间的朵朵莲花，被雨水冲洗过后，愈发的娇媚妖艳，令人顿生爱怜。

原生态的山里是不怕下雨的。那些动辄引发泥石流、山体滑坡的山，一定是惨遭人为破坏的山。

我老家的山，是在幕阜山脉的深处，重重山峦相连，逶迤数百里。山中虽没有原始森林，但那浩瀚林海、参天大树、遍野灌木，深层腐殖，早已把黄土沙石锁紧固牢。尽管春夏大雨滂沱，它都默默地兼收并蓄，有多少都欢迎，实在接受不了的，也是清凌凌的无污无杂的送出山外。这样的山，同时又是一座座水库，连成一片大海，隐藏在地下。待到秋冬干旱之时，它便涌出涓涓细流，滋润草木，灌溉农田，给人们创造取之不尽、用之不竭的宝贵财富。

真正的山里人是不怕下雨不怕干旱的，因为他们是真正的大山的儿子，大山是他们旱涝保收的坚强屏障。

雨多了，下在平川是灾难；下在山里，便是一道风景。

煮茶

雨总在下，淅淅沥沥，时紧时慢，就像听燕守平操琴，一会儿是《小开门》，一会儿又是《夜深沉》，把人的心情吊得忽高忽低，如醉如痴。

雨中的山乡，最惬意的事，莫过于饮茶。茅舍小窗下，摆一张茶桌，独自一人，一壶一盏，任由夏雨打湿心灵，管自感叹着天地的造化，品赏着人生的滋味。

山里的茶，是那种自采自制的野茶，叶大茎粗，汤浓味甘，一如山里的谷酒，又如山里人的脾气，来得爽快，来得热乎。

最值得称道的还是山里的水。每天清早，五哥便骑着摩托车，到离村子约二里地的古井里打水。那口古井很特别，开在大山山脉尽头，井旁木竹丛生，绿荫蔽日。井不很深，约两三米，井水清澈见底，映月如盘。这口井年代久远，井沿的石块已被磨得凹陷不平，沧桑毕显，只可惜已被翻修一新，井上的一点文化遂告湮灭。村民们对这口井非常敬仰，传说有泉神显灵。每当村里老人亡故，都要先从井里取水做道场，那是要在井边三拜九叩的。这井里的水真是甜美，沏出茶来汤色透亮，入口柔和，每天饮用，舒心畅气，沁人心脾，胜却矿泉水纯净水不知多少倍！

夏日里，听着雨打石阶，煮热一壶好茶，慢慢地享受着每一寸阴，想无数往事，便都一笑淡然了。

观水

雨后的下午，水泥铺就的地场上洁净如洗。天空仍被云层覆盖着，挡住了炽热的太阳，加之凉风轻拂，空气中充满了清爽。我提了一把松木椅子，端一壶白茶，独自坐于桂花树下，享受着难得的清静。

一抬头，便见到了那道银色的瀑布，远远地挂在黄龙山麓，甚为壮观。

我每见到这道瀑布，心里便会泛起一阵亲切的热潮，因为它是七百里修水的源头，是滋养抚育我的生命源泉。

都说修水河是条美丽的河，我看最美之处还是她的源头。黄龙山上的溪流，观之清澈，饮之甘甜，经年累月，是那么欢快地穿过沟壑，告别绿野，奔向山下。若从山下远眺，便有这道靓丽的瀑布，从山腰挂下，旱时如银线，雨后似匹练，漂亮极了。我想当年太白诗仙要是到了这里，恐怕出名的那首就不是《望庐山瀑布》了。

那水流到了山下，便成了山塅里的一条小河，沿着山脚，不紧不慢，蜿蜒弯曲而行。最难得的是清凌凌的河水，那么透彻那么明亮。河床里沙石铺就，两边水草茂密，鱼虾戏逐，龟鳖出没。就是大雨过后，也见不到混浊，但见清波碧浪，滚滚向前。难怪人们都说黄龙山下出美女，不是自夸，这里的姑娘也真的个个长得如花似玉，楚楚动人，这哪是什么李自成留下的妃子繁衍的后代啊，原来是有这么好的风水涵养，养育出的子孙后代，不美丽都不行！每每流连河边，我总是对故乡人民保护生态的不懈努力充满了敬意。

在海拔 1500 多米的山顶上，曾经有过一口池塘，现在被填平了。我去年爬山爬到那里时，还见地上长着一片小草，虽是深秋，草却仍泛着绿色，说明地下有泉水养育。近山顶的那座水井，终年水齐井口，任人舀取，不浅不溢。就是从那里汩汩而出的微微源泉，汇聚了众多细流，过山越岭，奔腾而下，形成了浩浩荡荡的水系，注入我国第一大淡水湖——鄱阳湖。

这就是大自然的造化，只要没有人为的破坏，山总是存水，水汇之成江河，江河入海，海纳百川，然后又升腾为气，气聚为云，云降雨雪，滋润山川。如此循环往复，生生不息，才有宇宙之骄子——地球。人们为什么要对大自然有所敬畏？这样的自然规律，这样的天恩赐予，谁敢妄加践踏？

修水河，我的母亲河，那里流淌着我苦难童年的回忆，流淌着我毕生的牵挂和向往。“问渠那得清如许，为有源头活水来。”我在心里默默地祝福着，愿修水源头永远纯洁如玉，美丽如仙！

（2016 年 7 月）

到山里过暑假

暑期到了，我带着小外孙昊子，到我的故乡度过了一段非常有意义的时光。

我的故乡在幕阜山脉深处，这里山深林茂，风光如画；这里民风淳朴，昼不闭户。小村庄像珍珠似的散落在山脚边上，一条小河蜿蜒而过，清澈透亮的河水唱着歌儿，欢快地流向远方。

这里真的是孩子们的天然乐园。来自城里的昊子与山里小伙伴们在一起，有着数不尽的快乐故事。

童真

昊子在来的车上，就和她表姐颖子兴奋不已，一看到那满眼绿色的重重山峦，小家伙们就大喊大叫“好高”“好像一幅画”！一下车，他们就被一群小伙伴簇拥着跑开了。昊子去年来过一次，结交了好几个小朋友，这次来，看到他们都有些变化，海唯长高了，伟豪、伟杰都长胖了，博涵姐姐更秀气了，她的身边还多了一个妞妞，那是一只长了一身白毛的小狗，很可爱。昊子还给海唯哥哥带了一件礼品呢，礼品是一辆玩具小汽车。昊子说他最喜欢海唯哥哥，海唯经常带昊子骑自行车，抓水沟里的小鱼，还带他去海唯家里玩他养的两只小乌龟。

有了孩子们，屋子里就热闹了。昊子的到来，也增添了山里小伙伴们的兴趣，他们都成了小老师和小向导，教昊子怎么玩老鹰抓小鸡，走泥泞路怎么才不滑倒，天晴了还要带他到后山的小水库里去捉鱼。因为总是下雨，无法到野外活动，于是我住的楼下一会儿像教室，书声琅琅——那是做游戏的朗诵声；一会儿不知为什么事争吵，屋顶都快被掀翻了。偶尔雨停间歇，便一阵风似的卷出了门。

昊子在山里，人都更灵动了，好像一只小鸟；城里就像是个大鸟笼，教他总张不开翅膀，到了乡下，便是海阔凭鱼跃、天高任鸟飞。玩疯了，衣服上会沾上泥巴，手上脚上会摔跤磨破皮。可是玩够了，也累了，又有伴，于是饭也吃得香，做作业也主动，还学会了下象棋呢！我计划好了，等到天晴时，带他去门前小河里钓鱼。

我想，大自然的恩赐是农村，是山水草木。城里的孩子，只有让他们亲近大自然，了解乡村世界，他们的生活才会更多彩，他们的成长才会更美好。

妞妞

博涵家的小狗妞妞不见了。这可急坏了小伙伴们，他们停下了游戏，一起去找，“妞妞——”“妞妞——”，屋前屋后叫成一片。

妞妞原是一只流浪狗，是一年前博涵爸爸捡来的。博涵奶奶早就去世了，博涵一家搬到了县城，爷爷不愿跟去，就一人住在老家，博涵他们只有节假日才回来看看，所以博涵爸爸特意把妞妞带回家，好和爷爷做个伴。

妞妞本是只宠物狗，学名叫博美犬，有着一个上翘的鼻子，一双挺拔的小耳朵，还有一对机警而善解人意的黑眼睛，挺可爱的。它对博涵爷爷唯命是从，整天跟在爷爷身边不脱砣，爷爷若不让它跟，就喝叫一声“妞妞，切围”（幕阜山方言，意为“回家”），它立马转身，扭着屁股跑回家去。所以爷爷非常喜欢它，博涵更是疼爱得不得了。

这一天，妞妞突然不见了，叫人怎不着急？博涵的情绪立马传给了所有小伙伴，大伙儿都急吼吼的，满世界乱找，可从早晨到中午，都没有妞妞的踪影。

吃午饭的时候，昊子、颖子都闷闷不乐。“博涵姐姐都哭了”，昊子煞有介事地说，“下午我们还要去找。”

这一天是孩子们很特别的一天，他们又想玩耍，又要帮博涵找妞妞，心里很矛盾，玩也玩得不痛快。看到他们一个个变成了小大人，那股认真严肃的样子，我顿生感慨。童心纯正，在他们的心里，既有对小狗这一小生命的怜爱，又充满了对小伙伴的深厚友情。我多么希望他们长大以后，能一直保持和发展这份纯正，也憧憬着将来的社会，能够为他们提供一个纯正的良好环境啊！

傍晚，妞妞终于找到了。原来博涵爷爷早起怕农具房漏雨，便去察看，妞妞跟了过去，爷爷却没有发现，走时就把妞妞关在里面。找了一天，博涵爷爷才猛然想起这一茬。于是，博涵破涕为笑了，小伙伴们的生活又恢复了无忧无虑的氛围。

练车

天晴了，孩子们最兴奋的还是户外活动，什么跳绳啦、丢手绢啦、老鹰抓小鸡啦，等等，常常是一头大汗，一身泥土。更多的还是与大自然的亲近。家门前有一口小鱼塘，鱼塘的一边是一块菜地，菜地里种了一行玉米，一行豆角。玉米秆子齐腰处，结了一个个鼓鼓的玉米球，球尖上飘着黄色的、棕色的胡须；豆角架上，挂满了长长的豆角。地的另一边，有一条小水沟，水从很深的山里流来，又流向门前的一大片稻田，无声无息，终年不断。昊子和颖子、博涵，还有后头从深圳回来的一对小双胞胎辛愉、辛悦一起，经常在那里玩耍，有时在水沟边的草丛里捉青蛙，有时用花纸折成小船，丢进水沟里漂流，玩得聚精会神，一股子劲儿。

山里的气候很特别，中午的太阳晒得脱皮，傍晚时分，太阳一落到黄龙山背后，地场上顿时凉快了。孩子们便纷纷推出小自行车，开始了他们最过瘾的活动。昊子以前虽然会骑，但车技一般。这几天，他是骑得特别起劲的一个，不仅练快骑，练转弯，练过狭窄路段，还参加比赛，果然技术突飞猛进，很快就熟练多了，还能用一只手扶龙头呢！当然，他也付出了代价。一次，刚骑出去不久，他就哭哭啼啼地被人扶着回来了，双手双脚都磨破了。我连忙边帮他擦洗上药，边问他是怎么回事？他说不是他不小心，要怪一只鸡。原来他骑在邻居门前时，一只母鸡跑到了路中间，昊子只好避让，可那只鸡见有车来了，也急坏了，只管往前跑，就是不跑到边上去。昊子生怕压到它，左让右让，结果车轮打横，把他颠翻在地。

听了他的叙述，我很是感动，心想一个不到七岁的小孩，就有如此爱心，宁可自己跌倒，也不忍压到一只鸡，这是多么值得赞誉的品质啊！古人说，“人之初，性本善”，幼儿的心灵大抵都是纯洁的，随着年龄的增长，才会受到各种污染，变得鬼祟怪道。这对成年人、对社会，不是提出了天大的警醒么？

我真的很喜欢看孩子们玩耍，哪怕是打闹。因为他们无所畏惧，无所顾忌，一片纯净，一片真诚。我这颗寒戚戚的心，仿佛从他们的喊笑声里，得到了些许慰藉、些许温暖。

（2016 年 7 月）

忏悔的旅程

清明节回乡探亲的潮流，兴起于二十一世纪初前后。

以前清明在民间虽也是个节日，但更多的是作为节气来对待的。自从改革开放后，外出工作的骤然增多，像我们这些“少小离家”一族，逐渐成了中老年人，父母长辈也逐渐谢世，于是每年到了清明节，便纷纷返回故乡，祭奠自己的亲人，慢慢地便形成了约定俗成的惯例。这个惯例的力量不断增大，以至感动了国家机器，把清明节定为法定假期。

其实，父母健在时，游子们最上心的还是春节，“有钱没钱，回家过年”！那是因为家里有日思夜想的爹娘啊！而当父母走了，自己也“乡音未改鬓毛衰”了，渐渐地，春节的概念也就淡薄了，代之而浓烈的便是清明节。真的，进入中年后，“乡愁是一方矮矮的坟墓，我在外头，母亲在里头”。多少情感多少牵挂多少遗憾，每年都积得沉甸甸厚实实的，都要带回家去，寄在一堆纸钱中烧化。

于是清明到，另一支队伍便也匆匆地出现在返乡的路上。

清明回乡，其实也是一次顶好的踏青活动。我的家乡在山里，山里的春天总是姗姗来迟，一月二月还是天寒地冻，三月惠风吹来，满山的野花竞相开放。这时节穿行在山野里，成片的映山红扑面而来，灿烂夺目；雪白的檵木花、桐树花漫山遍野，铺成一片烂银；油菜花穿插在山坡上山洼里，给山水图上增添了金黄的色块。踏上山坡，花香果香沁人心脾，树叶草叶脆嫩欲滴。蝴蝶起舞，蜜蜂奔忙。若见竹林，那争先恐后的春笋便纷纷映入眼帘，虽说“清明一尺，谷雨一丈”，但先出的已有人头高，一些调皮孩童似的则刚刚露出尖尖角，嫩黄的笋尖，黑油油的笋衣，会不由自主地挑起你舌尖上的食欲来。

所以，清明回家的心情是复杂的，既有对先人的无限思念，又有对山水的尽情陶醉。难道祭奠也是一种精神盛宴？抑或是阴阳两界相聚的特别庆典？

与很多游子一样，我是十分看重清明节的。

在我的心中，清明已是一个仪式，一趟灵魂的旅程。

尽管我清楚，清明的初心，只是农事的一个节点。我们的祖先最早只是告诉人们，时令到了，是种瓜种豆的时候了。随着草木的拔节生长，随着蛙鸣的渐渐响亮，农人们的犁耙便也打破了山谷的寂静，预示着一年的忙碌从此开始。清明节那天上坟，主要也是维修祖坟，因为眼看春已深，雨水渐多，祖坟需要清沟排水、培土加固，坟旁的竹鞭灌木也要清理，以防树根钻进坟内侵入棺椁。都是一些物质意义上的事情，我们家乡称之为“挂山”，或叫“摞坟”。

但我还是把它注入了宗教的隆重，作为一次儿女之于父母的忏悔，生出了至高的肃穆。

也许清明本身就该如此？因为重耳和介子推的纠结，就已经注定了清明具有沉重的含义。当晋文公眼看着绵山的大火熄灭，找到的不是活着的介子推，而是大柳树下母子两具被烧成焦炭的尸身时，他是不是痛心疾首地为他的傻瓜计谋后悔不已？他肯定会想起逃难路上介子推端到他面前的那碗肉汤，那是一个忠臣自己割下一块大腿肉煮熟的啊！在重耳的心里，介子推应该等同于自己的父母。遍视古今，能为之割肉的，除了父母还有何人？他于是命令全国在那一天不得烧火，与其说他是以寒食纪念老臣，不如说是以寒食来为自己忏悔。如果推而广之，也是要天下所有未尽仁义忠孝之责的子孙忏悔啊！

天下能够绝对无私付出的，唯有父母之于子女。再好的子女，对父母的奉献也会打折扣。或许这与我们儒家思想有关？比如孔子，虽有“父母在，不远游”的教谕，但更有“忠孝不能两全”的理论；孟子的所谓“三不孝”中，就有批评“家穷亲老，不为禄事”之意，也就是说为了当官，就不能顾及贫穷的父母了。与孔子之说如出一辙。这些所谓的传统文化，经过两千年的灌输，对人们的影响是何等之大啊！回顾我自己，我就常常自感羞惭。在青壮年时期，确实是为奔仕途而轻待了父母的。每回探亲，看到疾病缠身的母亲，便也会思量要花些精力照顾，可一回到工作岗位，就又背负着沉重的压力，一头扎进了所谓的事业之中，直到下次再重复这个过程。母亲辞世之后，方才痛切地醒悟到“树欲静而风不止，子欲孝而亲不在”的无奈，真是悔之晚矣！于是，年年盼着清明，一次次地以清明时节的纷纷细雨，来洗涤一个不孝之子的负罪灵魂。

所以，清明的真正含义，是子女的忏悔，是孝道的弥补，是心灵的抚慰，是仁义的伸张。什么时候这个节日淡化了，说明重养轻葬的观念深入了人心，人们降低了物欲，注重了亲情，无愧于父母长辈，无悔于自己的良心。那就昭示着我们民族的文明程度、我们社会的发展水平，已经达到了新的高度。

停下键盘，扭头望向窗外，见街道边的行树上，忽然泛起了一层嫩绿，各色花蕾已在景观带上悄然绽开，悦耳的鸟语也不断传来。我立马意识到又一个清明节即将来临，便翻开日历，认真地计算起回乡的日程来。

（2018 年 3 月）

签名

“老师，能请您签个名吗？”

我讲完了课，正在收拾电脑，值班的刘老师也在扯开嗓子，高叫着各班学生不要乱，排队出场，有序撤离。忽见一个小女孩快步跑到我跟前，双手将一个笔记本和一支铅笔高高地捧过头顶，递到我的面前。我还没有缓过神来，突然一大群学生随之蜂拥过来，一人手上举着一个本子，要我签名。

这一出人意料的举动，显然让刘老师和我都吃了一惊，刘老师的第一反应是赶忙制止，她快步走到讲台前，伸出双手拦住前排学生，说今天老师讲课辛苦了，不签名，大家立刻回教室去。可我愣怔了一下后，赶忙跟刘老师说，我不累，为他们签吧。

因为，我看到了第一个小女孩的那张脸、那脸上的表情。那是一张有点偏黄色的瘦削的脸，脸上的皮肤有一块块的白斑，土话叫“迹斑”，是营养缺乏的现象。她的扎了两个羊角辫的头发，也显得有点枯黄。只有那双大眼睛，此刻却是那么明亮，那么晶莹剔透，而且充满了渴求的神情。我再一扫视，周围的孩子都是那种眼光，眼光里都是那么真诚，那么急切，我真的没有理由拒绝他们，不忍心伤害一颗幼小纯真的心灵。

太阳快要下山了，窗外的阳光已经斜射在讲台上，被窗棂分隔成条状铺展。时令虽是仲春，从幕阜山深处吹来的风，却已带有一丝温暖，令人感到浑身舒畅。

签名开始了。刘老师很机灵，她先是递给我一支水笔，然后把拥挤的人群组织起来，要同学们排好队，一个接一个地进行。

我接过同学们递上来的本子，心里像打翻了五味瓶，很不是滋味儿。那次我是应县教育部门邀请，结合“世界读书日”，去作一场有关读书的讲座的，地点是县图书馆，听众中多数是县二中的学生。可他们递上来的笔记本，没有几个是有点档次的，都是些近乎毛边纸的粗糙作业本，里面写的笔记倒都是密密麻麻的，稚嫩而工整，足见他们认真扎实的劲儿。我早听说如今的县城今非昔比，随着城镇化的推进，县城已经扩张了好几倍。县城的居民大多是来自乡下的农民，他们在县城买房子，在县城打工，多数在县城打不到工了，就又一次背井离乡，抛家弃口，去了海边。他们的家境看起来比过去在乡下好多了，可生活仍然过得拮据，要用钱的地方开门就是，放子女在县城上学，可以说是“踮起脚做长子”，哪有钱购买优质的本子呢？只好与家庭其他用品一样，勉强为之了。我一边签名，一边偶尔翻看着，感觉在看沙漠里倔强生长的荆棘，在看风雨中顽强挺立的树苗。我想，我不能单单签个名字了事，便急中生智，在每一个本子上，都留下了几句励志之言。

签名的事儿我还真干过不少，当然一般都是签名售书。按常规，每本作品出版后，往往都要搞些活动，到一些书展、书博会上张罗促销。名称也千奇百怪，什么“首发式”“新书发布会”“书友见面会”“作品研讨会”，等等。先是作者编者做些新书介绍，无非是吹捧一下新书，妄图吊起读者的胃口，然后就是签名售书。签名是真，而售书就要打折扣了。有些真的是好书，颇受读者喜爱的，自然争相购买，以获得作者签名为荣。而有些书写得不怎么样的，作者却要沽名钓誉，或是单位为参评某项大奖所需，于是捧场者便精心组织策划，安排一些内部人员当“托”，搞“假买真签”，造出一个踊跃热闹的气氛。这样的现象如今越来越多，包括我自己的签售活动中，或许照样存在也未可知。

我对图虚名的、虚张声势的签名总是不以为然，而对真爱我书的签名相当看重。记得有一次生病住院，在输液的时候，一个年轻的值班医生看了我的吊牌自言自语说，这个人与一个作家同名同姓。我妻子在一旁问他怎么认识这个作家？他说他读过他的作品，多年前买过他写的散文集《沉静的山歌》。我妻子笑了，说就是这个人啊！年轻医生非常兴奋，连忙问我能否在他买的那本书上签名，我自是欣然应允。后来我们便成了文友，他也在业余勤奋创作，成果颇丰。类似的签名我还时常遇到，素不相识，以书结缘。有些是买了书寄来签的，有些是得知我去了“拦路”要签的，还有的写信来索要签名书，甚至按定价寄来了买书钱的，令我感叹唏嘘。我视这样因爱书而要签名的人为挚友，视这种签名为神圣的举动。

“签名”一说起于何时尚无从考证，想来应是由古代“签字画押”演变而来。古人创作书画作品，会在画的边沿或书法尾端署上自己的名字，以辨别真伪。而在公文、契约或供状上则画花押或写“押”字、“十”

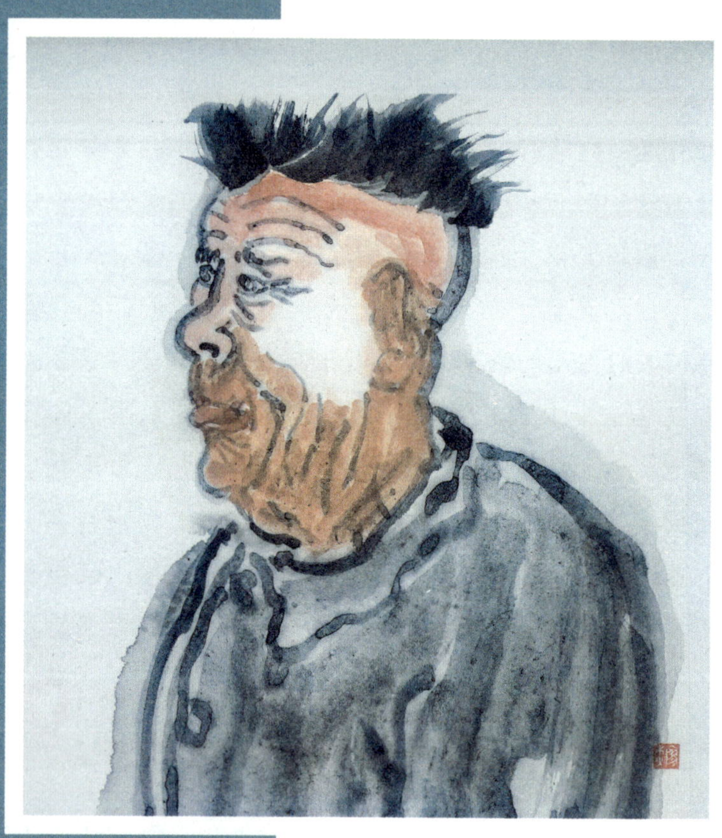

字，表示认可。宋王溥《唐会要百官奏事》记载："景龙三年二月二十六日敕，诸司欲奏大事，并向前三日录所奏装一本先进令长官亲押"。这里的押即署也，包含画押、打圈和以草书签上名字等，以凸显个性，使别人不好模仿。到了二十世纪初，随着西学东渐，西方教育思想逐渐传入中国，西方的教育理念也逐渐为国人接受。当时有一位清华大学毕业的研究生，叫李鸿樾，在他的毕业证上，除了校长曹云祥、教务长梅贻琦的签名外，众多大师如梁启超、王国维、陈寅恪、赵元任等也签上了自己的名字。因为这些大师的名字本身就蕴含了巨大的文化价值，所以，他们的签名就成了有力的佐证，即以大师的学术良心和人格操守证明学生的水平。这一做法很快便流传开来，逐渐演变成了所有毕业证上都要有校长签名。后来这种签名之风又传至社会，拥有名人、明星的签名成了一种荣耀，乃至一种收藏。

签名风的趋向，也是社会价值观的风向标，社会倡导什么、崇拜什么，都会在签名上体现出来。新中国成立初期，领袖的签名一字难求，一张毛主席签名的"开国大典"小型张邮票，几乎成了国宝。二十世纪八十年代中国女排斩获五连冠后，有女排姑娘们签名的排球、邮品、书籍、衣衫等，都成了人们珍爱的藏品。而当金钱、娱乐成为人们价值取向的时候，明星的签名就成了人们热衷的追求，乃至派生了一种新的职业：签名设计师。由于有些明星文化水平太低，连自己的名字都写不好，于是不惜花重金请人为其设计一种龙飞凤舞的签名，美其名曰“个性艺术签名”，使之与自己的艺术形象勉强匹配，写出字来不至于遭人诟病。

当然，能够长盛不衰的，好像还是书籍签名。对于读书人来说，一本自己喜爱的书上，有作者的签名自是一件快乐的事情，好比在两颗心之间，牵起了一根红线，使知识、智慧得到了畅快的沟通；又好比在阅读的攀登中听到了呐喊，使脚下增添了无限的动力。

喜欢作者签名的人，必是爱书之人；而爱书之人，必是高尚之人、纯洁之人、可成大事之人。

我是个久别故乡的游子，受赤诚之心的驱使，我总是期望故乡能够多出人才，用他们的知识和智慧报效乡梓，帮助故乡早日摆脱贫困。可年复一年，得到的消息却总是不尽如人意，最能反映在我脑子里的就是那些亲戚朋友的下一代，竟然数不上几个是学业有成的——几乎都不爱读书。对此我曾气愤不已，甚至不愿见到他们。可气过之后，又思考起来，觉得还是不能责怪他们，他们那一代，正是承前启后的一代，他们的父母都是穷苦出身，都不想看到自己苦难的童年在儿女身上再现，于是过分的溺爱便在所难免。试想一个在溺爱中长大的孩子，是不可能具有吃苦耐劳、勤学苦读精神的。我为此而苦恼，我不知道如何面对幕阜山脉，如何进入沛国堂中拜见先人。晚年退休后，我选择了写作和讲课，我想起了孔老夫子“诲人不倦”的教诲，要用口和笔，把爱书的概念深耕故乡，播撒进千万个心灵。

我用我的微薄之力，加入众人划桨的高昂号子里；我把我的一滴水，融进灌溉土地的汩汩甘泉中；我将我的一腔热血，蘸成浓墨，书写进故乡振兴的宏大叙事中。

我终于看到了希望。

故乡的初级中学，过去属于四流、五流，极少出优秀人才。由于山深路遥，穷苦交加，好的老师不愿进去，进去了找关系也要调出来。即便是成绩好一些的学生，家长也要设法迁到县城学校就读，然后在县城租房陪读。这样优去劣存，师资缺乏，教学能好到哪里去？可如今不同了，这些都大为改观，去年秋天，乡里的书记告诉我说，学校自从开展劝学活动以后，特别是请了你们这些专家学者来讲学后，学生们的求学热情明显高涨，好学上进的越来越多，中考录取到县城高中的比例大大提升，还出现了学生回流的喜人现象。

十年前我为乡里捐建了一个图书室，藏书也有近万册。文化中心主任说，过去很少有人借书，近年来借书的青少年逐渐多了起来，已经供不应求了。

最使我难以忘怀的，是一次为乡里中学做讲座。我从南昌赶回去，一下车就问课堂在哪里？校长说就在操场上。见我有点发懵，他补充说学校没有礼堂，只有一个大会议室，但只能坐百十来人，而全校师生有七八百人，远远不够，所以只好安排在操场讲。这给我提出了一个新问题，我讲课很多，但在露天的操场上讲还是第一次，原来准备好的PPT，特别是一些形象生动的影像资料，都用不上了，只能凭一个话筒发挥了。这个还算不了什么，开讲时我在台子上一瞧，发现台下有一半学生是坐在太阳底下的！那操场位于学校大楼前面，大楼坐西朝东，依山而建，正是下午时分，太阳虽已西沉，但楼房只挡住了半个操场。时值初夏，坐在阴处不打紧，可坐在太阳底下就晒得够呛了，我似乎看到了那些学生头上冒出的汗水，心中十分不忍，几次叫他们打乱队形，把小马扎移到前面阴凉处，可他们竟没有一人响应，全都纹丝不动，静静地端坐听课。我请校长发令，校长也婉言谢绝，说能把您请来讲课，是学校师生们的幸运，我们这个深山沟里，平时要想请个名人来传经送宝，简直比登天还难，山里孩子，晒点太阳不要紧的。我口里谦虚着，心里想校长这话也的确是真心的。直到近一小时后，那该死的太阳才落到大楼后面，操场上的阴影线终于进到了全体学生的后面。这一堂课，不能不使我深受感动，都是十几岁的孩子，对知识的渴求竟然到了如此执着的地步。有这样的一代，什么困难不能克服？什么奇迹创造不出来？此情此景，令我对故乡山区的未来充满了信心。

签名仍在进行。

那天的签名一直进行到日落时分，刘老师点了卯，说一共签了四百多人。老实说我的手已经签麻木了，放下笔竟然拿不起来。可我的心里异常快活，那些获得签名的孩子们，他们蹦蹦跳跳跑出课堂的身影，在我眼前变成了一群欢快的鱼儿，竞相跃出课堂，飞向远方。我的脑海里立刻蹦出一个成语：“鲤鱼跳龙门”。

真像！

（2019年12月）

后记

如果勉强称得上"作家"的话，我愿成为一个乡土作家。

十一年前，我出版了第一本乡土散文集《沉静的山歌》，写的是我的故乡幕阜山区的一些往事，后来在"经历表达"的驱使下，转而把笔触伸向了人生旅途，接连出版了《最后的圣土》《独行的咏叹》《沉默的军号》三本集子。尽管渐行渐远，可心中却总是牵挂着故乡，总想把《山歌》未尽的旋律再唱出来。于是在退休之后，我这一片落叶又飘向了树根。五年多的山间驻足，五年多的笔下耕耘，终于完成了《天脉》《山魂》两书，与《山歌》一起，构成了"幕阜叙事"系列：《天脉》

描写厚重的历史文化；《山歌》咏唱山区的历历往事；《山魂》叙述山民的生存现状。这样，也算是完成了我的一个夙愿，对生我养我的故乡有个交代吧。

这两本书与其说是写出来的，不如说是“走”出来的。在写作这两本书的过程中，我曾沿着幕阜山脉，从湖南的岳阳、汨罗、平江，到江西的九江、武宁、修水、庐山、湖口，再到湖北的通城、崇阳、通山等市县采风，先后荡舟于洞庭、鄱阳两湖，登临于幕阜、黄龙、黄袍、西峰、神雾、九宫乃至匡庐等名山，造访过屈原、杜甫、黄庭坚、方琼、岳飞、陈寅恪等先贤名家的故居或故地，断断续续回山区生活了近半年时间，深感山川之壮美、民族之伟大、文化之厚重、百姓之可敬；也深感国运之艰、生民之难、社稷之痛。诚可谓收获颇丰，感悟颇深，忧思匪轻，得益匪浅。

采风途中，多蒙各地文友厚爱，接待陪同，鼎力相助，许多情景历历在目，永记在心，没齿不忘。

两书出版过程中，得到了江西画家许甫金、廖杰先生的大力支持，他们欣然为之精心创作插图，使拙作增色不少。

特别令我肃然起敬的是中国大百科全书出版社和知识出版社，组织了精干的编辑力量，以精品的标准打造两书。社领导倾情指导，总览全局；责编、美编等同仁认真编校，锐意创新，环环严谨、处处用心，整个团队的敬业精神和高超技艺，都令人深受感动，叹为观止！

上述相关单位和诸多文友的倾心付出，都是拙作成书的强劲支撑！老夫无限感慨，无以为报，在此一并表示衷心感谢！

朱法元

2020 年 7 月 25 日